Rivka Galchen

Pequenas resistências

Tradução Taís Cardoso

© Rivka Galchen, 2021

1ª edição

TRADUÇÃO
Taís Cardoso

PREPARAÇÃO
Silvia Massimini Felix

REVISÃO
Eloah Pina
Pamela P. Cabral da Silva

CAPA
Beatriz Dórea

Impresso no Brasil/*Printed in Brazil*

Todos os direitos reservados à DBA Editora.
Alameda Franca, 1185, cj 31
01422-001 — São Paulo — SP
www.dbaeditora.com.br

Dados Internacionais de Catalogação na Publicação (CIP)
(Câmara Brasileira do Livro, SP, Brasil)

Galchen, Rivka
Pequenas resistências / Rivka Galchen; tradução Taís Cardoso.
1ª ed. — São Paulo: DBA Editora, 2021.

Título original: Little labors

ISBN 978-65-5826-018-9

1. Ensaios canadenses I. Título.

CDD- 814

Índices para catálogo sistemático:
1. Ensaios: Literatura canadense em inglês 814

LIVROS INFANTIS

Livros para crianças pequenas quase nunca apresentam crianças. Neles há animais, ou monstros, ou, às vezes, crianças agindo como animais ou monstros. Livros para adultos quase sempre apresentam adultos.

A CRIANÇA CRISTAL

Minha mãe me contou que as pessoas lhe dizem, quando ela está na rua com a bebê, que a bebê é uma criança cristal. Algumas pessoas pedem permissão para tocar a bebê, porque o contato com crianças cristais cura. "Você deveria pesquisar o que é uma criança cristal", já me disse várias vezes minha mãe, que tem mestrado em ciências da computação e graduação em matemática. Desde o primeiro momento que viu a bebê, minha mãe achou que ela era uma criatura superior e excepcional; atribuir qualidades de criança cristal a ela faz parte dessa história em curso.

Enfim decido pesquisar sobre crianças cristais. Na internet. Descubro que, ao contrário das crianças arco-íris, as crianças cristais têm problemas porque acreditam que podem mudar o pensamento das pessoas e, com isso, curar o mundo; as crianças arco-íris, ao contrário, entendem que não podemos mudar as pessoas, podemos apenas amá-las como elas são; crianças arco-íris são então menos frustradas do que crianças cristais. As crianças cristais nasceram, explica um site, sobretudo na década de 90, enquanto as crianças arco-íris chegaram, em sua maioria, no novo milênio — antes da geração de crianças cristais houve a geração de crianças índigo —, e então talvez a puma seja na verdade uma criança arco-íris, em vez de uma criança cristal, ou talvez ela seja parte de uma geração ainda mais nova, que ainda precisa de um epônimo.

Talvez, do mesmo jeito que as crianças na Idade Média que nasciam com hipotireoidismo congênito (como era comum antes de o sal ser iodado, pois o iodo é fundamental para o desenvolvimento da tireoide) tinham certa aparência e mentalidade diferentes da maioria, e por isso eram chamadas de *chrétiens* — um termo que, com o tempo, infelizmente se tornou *crétins*, apesar de seu significado no passado ter sido "cristãs" —, cristal, arco-íris e índigo sejam termos que, apesar de não serem norma, são quase sempre usados para se referir a crianças que são incomuns de um jeito associado com mais frequência ao autismo e à síndrome de Down.

Por alguma razão, começo a acreditar em crianças cristais e na ideia de que minha filha tem poderes especiais de cura atribuídos a crianças cristais. Começo a acreditar nisso, ainda que, ao contrário da minha mãe, eu não tenha mestrado em ciências da computação ou graduação em matemática. Certo dia, li que Isidoro de Sevilha, no século VII, já dizia que o mundo era redondo e de algum jeito sabia disso pela intuição, então decido que crianças cristais são relevantes.

Mas ainda não entendo por que ninguém nunca *me* parou na rua para falar sobre crianças cristais, por que razão pararam apenas minha mãe. E não entendo por que minha mãe, em geral tão desconfiada de qualquer comentário feito pelos "outros", é tão receptiva a *esses* comentários. Alguém que é importante para mim falou: "Isso parece um método para amar e valorizar crianças que são difíceis". "Sim", eu disse, "faz sentido". "Talvez sua mãe esteja lhe dizendo que ela é uma criança cristal. Ou que você é uma criança cristal."

HÁ MUITO, MUITO TEMPO, NO FINAL DE AGOSTO

No final de agosto nasceu uma bebê, ou, como me pareceu, uma puma se mudou para o meu apartamento, uma força quase muda, e então, quando me dei conta, já era dezembro e um filme estreava no dia que às vezes é chamado de aniversário do nosso salvador. Se alguém prestasse atenção no tetráptico do pôster de divulgação, *47 Ronins* continha Keanu Reeves, um robô, um monstro e uma jovem mulher vestida de verde que, por razões desconhecidas, estava de cabeça para baixo. O pôster que eu sempre via ficava no fim do meu quarteirão, embaixo de um estúdio de dança, na esquina de uma delicatessen, ao lado de uma loja japonesa de roupas, especializada em looks inspirados no streetwear norte-americano. Na calçada em frente, havia um desses lugares que vendem fatias de pizza por um dólar e tocam música pop mexicana sem parar. Na época, eu estava louca de melatonina. Talvez por isso o pôster, pelo qual eu passava em frente quatro ou cinco vezes por dia, sempre com a puma, começou a me dar a impressão de realmente significar algo, algo mais do que estava evidente na superfície.

Sentia isso mesmo que eu soubesse que muito em breve ele seria substituído por algum outro do filme *Academia de vampiros* ou da última refilmagem de *Robocop*, e de fato parecia quase como se essa substituição reveladora da aleatoriedade já tivesse acontecido, como se isso fosse parte da mensagem do pôster, que o acúmulo de amanhãs não ia — sem importar o quão perdida no tempo eu estivesse — cessar de produzir sua previsível melancolia. (No entanto, e percebi como isso era raro, naquele momento eu *não* estava melancólica. Nem um pouco.) Mas o paradoxo foi que, como minha vida tinha se transformado num dia com uma lentidão sem precedentes, um dia que eu calculava agora ter quase três mil horas de duração (ao fazer a conta percebi que, desde a chegada da puma, eu não tinha dormido mais do que duas horas e meia seguidas), meus pensamentos começaram a ser interrompidos como nunca acontecera antes, era como se a cada três minutos eu caísse no sono, restringindo qualquer pensamento, metamorfoseando-o em sonho, um sonho que, quando eu acordava, estava totalmente perdido. O que quero dizer é que eu não estava trabalhando. Mesmo que meu plano tivesse sido trabalhar. E pensar. Mesmo depois que a bebê nascesse. Tinha imaginado que iria conhecer, no nascimento, uma forma muito sofisticada de vida vegetal, uma forma que eu entregaria todo dia para uma estufa num outro lugar; procuraria com ansiedade conhecer de modo apropriado aquela forma de vida mais tarde, quando ela tivesse passado para um reino consciente, talvez por volta dos três anos de idade. Mas, em vez disso, com algumas horas de nascimento, o ser — talvez em função de químicos que deviam equivaler a máquinas de fumaça para nossa visão emocional — não me pareceu nem um pouco uma planta, mas, em vez disso, algo com um poder de comoção muito maior do que outro ser humano; ela tinha se apresentado como um animal, um macaco recém-descoberto do Velho Mundo, mas com o qual eu poderia me comunicar de maneira profunda: era uma sensação perturbadora, inebriante, contrária à natureza. Uma sensação que parecia bruxaria. Nós quase nunca estávamos separadas.

De uma hora para outra, me senti mais velha, ainda que a puma, com seu efeito sobre mim, também me transformasse em algo que mais se aproximava de um ser humano muito jovem num sentido específico, no qual todas as experiências e objetos banais (ou não) que permaneciam à volta passavam a ser revestidos de um novo encanto. O mundo parecia ridiculamente, suspeitosamente, adverbialmente encharcado de significado. Isso significa que a puma me fez voltar a ser algo mais parecido com uma escritora (ou pelo menos um certo tipo de escritora), ao mesmo tempo em que ela me transformava em alguém que continuamente não escrevia.

E eu realmente queria assistir ao novo filme dos quarenta e sete ronins. Ainda que eu não tivesse tempo para filmes. E ainda que eu soubesse que havia uma versão antiga do filme — talvez mais de uma — que mais de uma pessoa em minha vida exaltava, e sempre sinto, e nesse caso senti, como a maioria das pessoas sentem, uma obrigação meio vaga de depositar confiança no antigo e desdenhar do novo, apenas porque era uma regra, uma regra geral à qual não me oponho com convicção (nem de maneira geral), ainda que seja estúpida. Mas desdenhar do novo quarenta e sete ronins teria sido inútil de todo modo, já que agora posso dizer a vocês, com essa distância no tempo e no espaço, que o filme que eu estava preparada para achar significativo saiu de cartaz antes de eu conseguir assisti-lo, que ele foi um fracasso inquestionável nos Estados Unidos e humilhante no Japão onde, apesar do seu orçamento de 175 milhões de dólares, de ter no elenco japoneses popularmente conhecidos, de ter sido exibido em 693 cinemas — andei pesquisando —, apesar dos efeitos 3D adicionados de última hora e, além disso, apesar do fato de o filme ter sido baseado numa história que o público japonês seguia interessado em ouvir incessantemente havia dois séculos — no Japão, a história dos quarenta e sete ronins é tão seminal que existe um termo específico, *chushingura*, só para descrever o que ela conta —, a bilheteria do filme ficou bastante aquém da dos seus concorrentes, *Lupin III vs. Detetive Conan — O filme* e *O conto da princesa Kaguya*.

Mas o pôster havia feito seu trabalho não planejado. Uma história de valentia e violência tinha sido semeada outra vez na minha mente, e talvez na mente de incontáveis pessoas famintas que se presentearam com uma fatia de pizza de um dólar e ficaram de olho no novo ronin sendo divulgado do outro lado da rua.

O que é um ronin? Um ronin é um samurai desempregado. Ou um samurai sem um mestre. Uma espada de aluguel. O termo, na sua época, continha indícios de ameaça ou vergonha. Não é mais assim. A história dos quarenta e sete ronins, de alguns séculos atrás, baseada num acontecimento histórico, contada e recontada em peças, filmes e placas honorárias de jardins de templos, mudou isso. Os quarenta e sete homens originais (alguns pesquisadores dizem que talvez fossem apenas quarenta e seis) serviam a um mestre que foi assassinado, no tribunal, por causa de uma questão de etiqueta. Havia uma expectativa de que os quarenta e sete (ou quarenta e seis) samurais do homem assassinado vingassem seu mestre. Contudo, passaram-se meses e nada aconteceu. Os samurais, agora ronins, tinham voltado à vida doméstica, ou passado a beber, ou ambos; e isso foi considerado vergonhoso. Mas como os ronins estavam vergonhosamente levando vidas ordinárias, o assassino do mestre deles baixou a guarda; parecia que não iria acontecer nenhuma vingança. Mas aconteceria. Os ronins se encontram secretamente, invadem o complexo do inimigo do seu mestre e apresentam sua cabeça decepada no palácio. Depois, os quarenta e sete (ou quarenta e seis) ronins se autossentenciaram *seppuku* e cometeram suicídio ritual — afinal, eles são assassinos agora —, que também é como seu mestre foi coagido a acabar com a vida: uma simetria. Tudo isso é entendido como algo heroico (em vez de horrível). A honra se revela. De certa forma, os samurais se parecem com aquelas esposas de certas culturas em que se espera que as viúvas se joguem na pira funerária.

A história dos ronins foi popular sobretudo na Era Meiji, quando terminou a política de isolamento do Japão e o poder nas mãos dos militares voltou para o imperador; e ela se tornou ainda mais popular nos anos que sucederam a Segunda Guerra Mundial, ou foi o que me contaram. O governo pós-guerra convenceu o grande cineasta Mizoguchi, que costumava rodar filmes sobre mulheres em circunstâncias difíceis, a fazer um filme dos quarenta e sete ronins, e a primeira parte do filme foi um fracasso completo, mas o próprio Mizoguchi quis então fazer a parte dois. O que tornou a história dos quarenta e sete ronins tão popular nesses momentos específicos? Do que realmente trata a história dos quarenta e sete ronins? Uma história de homens que parecem estar derrotados e desonrados, mas que optaram por essa aparência como um disfarce crucial para um plano nobre que se revelaria mais tarde? Uma história de violência, paciência e fidelidade descomunal ao mestre que aletoriamente é o seu?

A história trata de um bebê, pensei certa tarde a respeito daquela narrativa sangrenta para meninos, não sei bem em qual tarde (mas era uma tarde luminosa), enquanto eu passava pelo pôster com a mulher de cabeça para baixo, dobrando a esquina da delicatessen. Tudo dizia respeito a um bebê naquele momento, mas ainda assim pensei com convicção: a história dos quarenta e sete ronins realmente *trata de* um bebê. A célula dormente, o poder latente — é uma parábola sobre bebês. Eles parecem indefesos, mas são titereiros. Faz tanto sentido. Eu estava obviamente enganada, mais ou menos. Tinha a intenção, na época da assombração dos quarenta e sete ronins, de escrever a respeito, não exatamente por coincidência, de dois livros japoneses: *O livro do travesseiro*, de Sei Shônagon, e *O conto de Genji*, de Murasaki Shikibu, dois dos meus livros favoritos. E me parecia misterioso ambos terem surgido no mesmo lugar ao mesmo tempo, na corte imperial do Japão do início do século XI. Os dois livros foram escritos por mulheres, o que também, odeio admitir, importava para mim. No entanto, não conseguia pensar em nenhum dos livros. A puma insistia em me impedir. Mas eu não queria escrever sobre a puma. Em especial, porque nunca me interessei por bebês ou mães; na verdade, esses assuntos me pareciam *perfeitamente* desinteressantes; talvez eu sentisse até repulsa por mães e bebês como assuntos para a escrita; e então, depois de ter a bebê, eu me vi na mesma posição (agora interessada em bebês) dessas figuras políticas que têm insights que outras pessoas já tiveram há décadas, apenas depois de terem suas vidas pessoais interceptadas por uma "questão", como, digamos, Dick Cheney com sua filha que se casou com uma mulher. Mas eu ainda não queria escrever sobre bebês, embora agora fosse por uma razão diferente. De início queria escrever sobre outras coisas porque estava interessada nessas outras coisas. Então quis escrever em específico sobre outras coisas porque aquilo devia significar que eu estava, na verdade, disfarçadamente aprendendo algo sobre a bebê, ou sobre bebês, ou sobre estar perto de bebês, e esses eram assuntos sobre os quais eu tinha, de modo direto, tão pouco a dizer. No fim das contas, sem me consultar, uma conspiração de circuitos neurais, ronins à sua maneira, organizou-se contra mim e tratou de coordenar seus próprios pensamentos, abastecidos por fatias de pizza de um dólar, numa quadra qualquer da 38th Street.

UM MOTIVO PARA SE DESCULPAR COM OS AMIGOS

Guardo todos os itens relacionados à bebê no banheiro, num armário de metal com três prateleiras. O armário é um artigo muito bem estruturado, encomendado num catálogo de produtos industriais que também vende adesivos de *Perigo!* em grandes quantidades. Na prateleira mais alta do armário, ainda fora do alcance da bebê, estão suas fraldas, seus cueiros e, por nenhuma razão específica, suas meias. Na prateleira central do armário estão as roupas da bebê, guardadas em pilhas razoavelmente bem dobradas de bodies, camisetas, calças, blusas e macacões. Na prateleira mais baixa fica o resto: sapatos de segunda mão que ainda estão muito grandes, babadores nunca usados, um maiô, um babyliss, as roupas pequenas que ainda não passei adiante e coisas do tipo. Mas mantenho a prateleira do meio em ordem; uma boa quantidade de esforço é gasta nisso; a organização da prateleira do meio é uma represa frágil e essencial contra o dilúvio. Mas a bebê adora bagunçar as prateleiras. Ela não sabe caminhar ou mesmo engatinhar, e como alternativa ela usa os braços para arrastar as pernas para a frente — chamamos isso de manobra da cerva ferida —, e sempre que deixamos a porta do banheiro aberta ela corre (do seu jeito) até o armário e então se dedica, feliz e compenetrada, a desempilhar todos os objetos que alcança, fazendo montes. Ela fica tão, tão feliz quando faz isso. Tão feliz. É mais felicidade, e coisas, do que se pensava que o armário poderia conter.

Não quero impedir minha cerva ferida de se divertir. Mas não impedi-la de se divertir significa que, no momento seguinte, em geral durante uma das suas raras sonecas, tenho que ir lá reorganizar e redobrar as pilhas de roupas, uma tarefa que me lembra o texto de um velho formalista russo, um texto que me perturbou quando eu estava na escola, um texto que lembro ser simples, e sério, que defendia acabar com o trabalho doméstico, pois para quê servia o trabalho doméstico? Não produzia nada, era feito e depois simplesmente se recomeçava tudo de novo, portanto devia ser abolido. Talvez aquele velho russo tivesse razão. Não sei por que a prateleira continha todas essas aflições, mas continha. Para mim, era o espaço mais importante e simbólico da casa. Eu ainda tentava trabalhar em outras ocupações que não fossem domésticas, serviços que não diziam respeito aos cuidados de uma pessoa pequena, mas essas tentativas de trabalho não estavam indo bem. Às vezes, essas coisas que não iam bem combinavam com minha sensação geral de estar presa dentro de um espaço que o formalista russo do passado teria descrito como sem produzir nada, e eu me sentia como se me transformasse em areia e em breve pudesse ser nada mais do que uma pessoa dispersa irritante. E, então, um dia decidi que ia pelo menos tentar resolver o assunto com a cerva ferida que ainda não se comunicava verbalmente. Ela faz seu percurso até o armário. Eu a sigo. Pergunto se ela poderia, quem sabe, deixar em paz a segunda prateleira do armário, a prateleira com todas as roupas dobradas; pergunto o que ela acha de desdobrar só os itens da prateleira mais baixa, já desorganizada. Explico que se ela pudesse alterar seu comportamento só esse pouquinho, para mim isso significaria não a metade do trabalho de reorganização, mas um décimo disso. Seria muito, muito bom para mim, explico. E ela entende! Ela começa a deixar em paz a tentadora segunda prateleira de pilhas de roupas dobradas. Mesmo quando não estamos vendo! Depois disso, eu — eu conto esse episódio a amigos dispostos a escutar, como se fosse interessante.

QUAL DROGA É UM BEBÊ?

Em vários momentos, penso na bebê como uma droga. Mas qual tipo de droga? Um dia, decido que ela é um opiáceo: ela me envolve com um profundo senso de bem-estar, um senso que não está vinculado a nenhum tipo de realização ou atributo, e esse senso de bem-estar é tão inebriante que me vejo disposta a deixar minha vida desmoronar completamente na busca contínua por essa sensação. Outro dia, a bebê me fez pensar num conjunto e numa predominância diferentes de neurotransmissores. Lembro de uma mãe de gêmeas que me disse que sim, ela amava suas filhas, mas uma tarde ela se pegou pensando em como era fácil compreender a mulher que havia afogado seus cinco filhos, e ela, minha amiga, depois de ter sentido isso, decidiu pedir ajuda. Ela ligou para a mãe, que lhe disse: "O bebê humano é inútil, o bebê humano não é como nenhum outro bebê animal, os animais pelos menos conseguem andar, enquanto o bebê humano é um nada".

DINASTIA

Às vezes, compartilho o elevador com uma mulher que é muito esfuziante e maldosa. Ela mora três andares acima do meu, e então, quando espero o elevador descer, sempre sei que há uma chance de que ela esteja nele. Assim, se descemos dez andares juntas até a portaria, ela já desceu três andares — ela nos faz sentir isso. Uma coisa impressionante sobre essa vizinha é que, nessa pequena caixa de tempo e espaço, ela sempre consegue encontrar algo apropriado e brilhantemente desagradável para dizer. Quando eu estava grávida, ela disse, sem mais nem menos: "Você está enorme". Em outra ocasião, disse: "Você deve ser bem mais alta do que o seu marido". Ela tem um nome que faria sentido numa personagem de *Dinastia*. Quase exclusivamente se veste de preto, mas uma variedade de pretos, pretos com nuances tão sutis de textura, luminosidade e caimento que se imagina que poderiam ser vendidos no eBay por valores mais altos do que o aluguel da maioria das pessoas.

Quando a puma nasceu, os comentários da Dinastia mudaram. "Nossa, é uma bebê enorme", ela disse, "quer dizer, você deve estar muito feliz." Em outro momento: "Sério, isso realmente não é normal, né? Por que ela é tão grande?". Esse foi o refrão dela por algum tempo, de modo que eu sabia mais ou menos o que ela iria dizer antes de abrir a boca, e ainda assim nunca soube o que responder. Um dia eu disse, talvez porque tivesse muita certeza de que ela não tinha filhos, e porque não estava de bom humor: "Nossa, você parece saber quais os tamanhos certos de bebê em cada idade. Você sabe muito". Ficou evidente, no mesmo instante, que dizer aquilo sinalizava uma derrota para mim, mas pronto, agora já tinha dito. Outro dia, lembro que isto aconteceu quando a puma tinha sete meses, Dinastia disse: "Mas ela é grande pra idade dela, não?". "Como eu", respondi. "Ela vai ser uma pessoa alta como eu." Dinastia não é alta. Também não é magra. Sou mais alta e mais magra do que ela. No entanto, ela obviamente ainda estava ganhando. Sempre me orgulhei de nunca entrar em situações antagônicas ou competitivas relativas a tamanho, reprodução ou qualquer outra coisa com outras mulheres, e agora ali estava eu: havia me tornado o que eu mesma definia como o pior tipo de mulher, uma mulher que interpelava e avaliava outras especificamente no que dizia respeito a coisas que mantinham quase todas as mulheres na lama da competição sexual deformadora. O cabelo da Dinastia tem uma linda aparência macia, é bem tratado e muito comprido, e embora apresente uma mescla de cinza e preto, até isso parece remeter apenas a luxo e poder sexual histórico. Depois do comentário da altura, ela voltou a dizer que o pai da bebê era baixo. Outro dia me viu segurando uma garrafa de leite, mas sem a bebê, e disse: "Eles não deveriam ser apenas amamentados? Esse leite não é ruim pra eles? Quer dizer, deve haver alguma explicação pra ela ser tão grande. Talvez seja por isso". E em outra ocasião, quando eu segurava uma comida para viagem do *lamen* japonês da esquina, ela disse: "Meu Deus, que cheiro é esse? Nossa, isto é sua comida?". Isso era bastante indicativo do seu senso de invencibilidade em relação a mim, uma vez que ela é japonesa. Ou talvez chinesa, ou coreana; é uma ofensa privada da minha parte o fato de que não sei, e pretendo continuar sem saber. Não que Dinastia tenha notado que não sei.

    E assim continuou. Toda vez que ia para o elevador, apertava o botão, esperava o elevador chegar e escutava o toque suave da porta se abrir, eu me enchia de suspense. Havia desperdiçado mais espaço na cabeça do que jamais poderia julgar ser possível respondendo a uma Dinastia imaginária. No entanto, mesmo com o passar do tempo, descobri que eu ainda não tinha nada a dizer. Às vezes, eu me imaginava falando a Dinastia que era... interessante, o que diferentes pessoas observam sobre um bebê: obviamente um bebê é só um bebê, e o que as pessoas veem no bebê é um reflexo delas mesmas. Outras vezes eu pensava, ameaçadora: Minha filha é um bebê agora, mas se você alguma vez falar assim com ela quando ela for grande o suficiente para entender, eu vou te destruir. De fato pensei em *destruir*, como se estivesse num filme ruim ou no ensino médio. Às vezes, eu simplesmente imaginava perguntar a Dinastia se ela tinha um emprego. Ela é esposa de um homem muito rico que é dono e diretor de uma empresa de publicidade que fica do outro lado da rua, eles são donos do último andar do nosso prédio, entre outras coisas, e eu intuitivamente sinto que ela poderia e deveria ter vergonha disso. Sei que dizer qualquer uma dessas coisas seria tão errado quanto fraco, e também que é a fraqueza, mais do que o erro, que me impede de dizer essas coisas, o que só me torna mais errada e mais convencida do fato de que o incômodo que Dinastia me provoca é uma evidência apenas de que meu eu inferior, em geral obscurecido, é o real e verdadeiro eu.

Por fim, confesso aos vizinhos, quando cruzamos no corredor, que passei horas pensando nessas coisas. Então pergunto a eles — por alguma razão me importo com isso — se Dinastia tem um emprego. Eles me contam que o marido de Dinastia namorou com ela durante muitos anos antes de se casar, que ela continuou trabalhando como vendedora na Comme des Garçons, que o marido dela ainda veste apenas Comme des Garçons, que ela provavelmente também, que ele provavelmente se recusa a ter filhos com ela, e também, eles têm razões para acreditar, que eles nunca fazem sexo. Digo que entendo que eles estejam tentando transformar minha vilã de desenho animado numa pessoa real, mas digo que não me agrada, que a prefiro como um desenho animado. Ela (não eu) incorpora, decido, o mal no mundo que faz com que as mulheres se preocupem com o peso, sejam versadas em cosméticos e aspirem ser musas burras ou produtos de alta qualidade. Ela é o mal que vive dentro dos buracos ACME no chão dos desenhos, aos quais minha filha estará vulnerável.

Mas outro problema em ser mãe de um bebê é a solidão. Durante vários dias, converso apenas com um único outro adulto. E agora faz vários dias que não vejo Dinastia. Onde ela está? Ela vinha sendo tão estimulante; ela é tão inteligente; e tão linda; agora estou cansada. Espero o elevador, com minha filha que já caminha, que aperta o botão para chamar o elevador, que agora entende o elevador, e a porta do elevador nunca se abre para revelar nossa vizinha de cima especial. Cada vez que minha filha e eu estamos outra vez no corredor aguardando, eu aguardo com esperança. Gostaria muito de encontrar Dinastia de novo.

CULTO À CARGA

A bebê gosta de ficar perto do vaso sanitário, arrancar pedacinhos de papel do rolo de papel higiênico, jogá-los em águas com profundidade incomensurável e dar descarga. E então repetir. Um ritual sagrado.

MISTÉRIOS DO GOSTO

No seu livro cartonado *Moby Dick* que contém dez palavras, ela adora acima de tudo a página que diz CAPITÃO. Ela adora encontrar uma bola numa imagem, sobretudo bolas verdes e azuis. Dos seis cartões de anotações com animais desenhados em preto e branco, ela demonstra uma forte preferência pelo pinguim. Ela ainda não encontrou uma quantidade de azeitonas que seja suficiente. Quando rabisca um papel, ela ri com o resultado. Quando se sente presa no berço e quer sair, ela chama por mim; quando entro no quarto, ela diz: "Olhos?". Se encontramos um quadrado ou círculo de metal na calçada, ela não quer nada além de ficar em cima deles e continuar parada ali. Depois, no apartamento, ela põe um livro no chão para também ficar em cima dele. Quando vê uma garrafa de leite sendo servida, ela ri. Pouca coisa pode ser mais interessante para ela do que uma escada ou rampa de acesso para deficientes. Ela é sempre a primeira a reparar na lua.

DESEJOS

Apesar de na infância eu ter recusado tomates, recusado azeitonas, recusado cogumelos, apesar de na infância ter relutado em comer qualquer coisa em restaurantes chineses que não fosse arroz branco, e apesar de na infância ter feito uma dieta quase exclusiva de cuscuz com manteiga, bolacha Maria e, por alguma razão, couve-flor — uma dieta acromática —, apesar de tudo isso eu tenho um histórico de pouca tolerância com crianças enjoadas para comer. Tento não julgá-las, já que são crianças, mas no fim das contas acho que as julgo, sim, e julgo seus pais também, mesmo que minha eventual conversão em alguém disposta a comer quase tudo não tenha ocorrido por esforço próprio.

Mas então engravidei e descobri que era novamente uma pessoa enjoada para comer. Quase não conseguia suportar a visão ou o gosto de qualquer coisa exceto batatinhas, limonada e, às vezes, uma fatia de pizza. Mas a pizza tinha que ser de baixa qualidade, o tipo de pizza em que o queijo parece não ser um componente lácteo e constituída exclusivamente de coisas parcialmente hidrogenadas. Eu achava todas as outras comidas nojentas. Ah, pensei pela primeira vez: crianças estão grávidas de si mesmas.

    Infelizmente, assim que meu apetite voltou, também voltou minha tendência para julgar.

ASPECTOS RELIGIOSOS DA BEBÊ

Suas movimentações e reviravoltas noturnas levavam apenas à ascensão, de modo que todas as manhãs ela está com a cabeça apontando para a borda ocidental do berço. Seu despejo de açúcar de xícara em xícara levava apenas a mais açúcar. Quando ela deslinguina uma caixa de linguine e secretamente esconde o macarrão nas estantes, dentro de um saco de lápis com fecho, embaixo de uma prateleira na despensa ou num bolso da casaco, ela revela espaços negativos do apartamento antes desconsiderados. Seu medo da babosa na casa da vizinha não é afetado pela persistente permanência da planta no lugar. Repetidas vezes ela encara o desafio da colher, embora com a face voltada para baixo e derramando seu conteúdo, a não ser que ele seja iogurte, que transmite uma falsa confiança, já que não derrama, e dessa forma a engana, e mesmo depois de repetidas derrotas com outras substâncias que não iogurte ela volta à colher com os olhos brilhantes e o coração aberto. Quando ela deseja o abridor de latas para girar o botão projetado para mãos artríticas com as quais está alegremente familiarizada, mas a pessoa maior com quem ela vive lhe nega o abridor de latas pela razão ancilar da proximidade com a lâmina rotativa, ela joga a cabeça para trás e chora como um pássaro depenado.

FORMATO DA CABEÇA

A puma nasceu com quase nenhum cabelo, oferecendo a todos nós uma visão clara do formato de sua cabeça. Ou pelo menos oferecendo uma visão clara do formato da sua cabeça para qualquer pessoa sensível a formatos de cabeça. "Que formato de cabeça mais lindo ela tem!", disse a avó da bebê, repetindo aquilo sem parar. "Sim", falei, em resposta a cada elogio ao formato da cabeça. Mas fiquei perturbada: não fazia ideia do que ela estava falando. Não tinha qualquer opinião sobre o formato da cabeça da bebê. Parecia uma cabeça normal. A avó da bebê então dizia de novo: "Que formato de cabeça mais linda", e eu respondia de novo: "Sim", e então olhava mais uma vez para a cabeça da bebê — tentava olhar de modo despretensioso, avaliando —, e continuava sem entender o que ela falava. Ainda assim, os elogios ao formato seguiam aparecendo. Um dia, como se tivesse pegado embalo depois de tantos elogios acumulados, ela continuou mais detalhadamente: "Que formato lindo de cabeça ela tem, é tão adorável... tão diferente da minha!" E com isso a avó balançou a própria cabeça de leve. Não consegui ver na ocasião, e continuo sem ver, qualquer coisa particularmente distinta, indistinta ou mesmo distinguível no formato de qualquer uma das cabeças referidas, mas aceitei e continuo aceitando que a avó da bebê devia estar falando de algo concreto.

Mas o quê? Já me peguei relatando essa anedota em vários momentos, a várias pessoas diferentes. Contei a anedota como se o que me interessasse fosse apenas a alegoria de pessoas que percebem nos bebês qualquer coisa que as preocupe nelas mesmas. Mas esse não era meu real motivo para compartilhar a anedota. A razão para eu compartilhá-la foi que esperava aprender algo a respeito de formatos de cabeça. Continuei esperando alguém dizer: Ah, sim, sei do que ela está falando, para então me explicar. Mas ninguém me dizia. Até que uma tarde fui parar num jantar com uma ex-supermodelo. (A supermodelo estava escrevendo um romance, o seu segundo, o que talvez fosse a razão de ela estar num jantar íntimo com alguns escritores.) A bebê também estava no jantar. A presença da bebê levou a supermodelo a dizer que ela nunca, nunca, nunca pôs seus filhos para dormirem de barriga para cima, que ela sabe que hoje em dia se faz isso, mas que ela acha que é uma ideia terrível porque, em primeiro lugar, eles podem sufocar — ela foi avisada pelos médicos, quando seus bebês eram pequenos — e, em segundo lugar, porque eles acabam ficando com a cabeça chata. A ex-supermodelo disse que ela não quis amaldiçoar seus filhos com esse problema, um problema que ela própria teve. Um problema que a envergonhava há muito tempo, o estranho formato da sua cabeça com a parte de trás achatada. Ela mostrou a parte de trás da sua cabeça. Que era, é claro, como tudo nela, linda. Então eu continuei sem entender. Continuei e continuo a pôr a bebê na cama de barriga para cima, embora, agora que tem idade suficiente para se virar, ela decida seu próprio destino.

A COMÉDIA ROMÂNTICA

Minha vida com este ser humano muito pequeno se assemelha àquelas comédias românticas em que duas pessoas que não falam a mesma língua acabam ainda assim se apaixonando. Como aquele filme que vi no avião, com a brasileira de olhos arregalados e o americano pateta que acabam juntos, apesar de não conseguirem se comunicar por palavras. Ou aquela série de episódios de *Louie* em que ele se apaixona por uma mulher que só fala húngaro, chegando a pedi-la em casamento. Sim, é como essas comédias, só que sem a perturbadora dinâmica de gênero da mulher efetivamente muda. Embora com a mesma credibilidade. E, sem dúvida, a dinâmica ainda pode ser considerada perturbadora.

ACABADA

Eu costumava me pegar dizendo: "Estou acabada". Depois que a puma nasceu, eu muito raramente, talvez nunca, dizia que estava "acabada". Embora muitas vezes pensasse comigo mesma: tudo bem, tenho apenas de aceitar que estou acabada. Talvez a puma estivesse resfriada, o que perturbava seu sono, e por isso fazia semanas que eu não dormia mais de uma hora sem interrupção — sempre havia alguma coisa, mas isso também não era nada, ou, às vezes, eu era nada. À medida que as situações de pensar em mim mesma como "acabada" se acumulavam, fiquei sensível à sobreposição hiperbólica da expressão, digamos, uma espécie de "acabando". E também ao fato de que, se a qualquer momento eu ficasse introspectiva, provavelmente descobriria que me sentia "totalmente acabada" e então a sensação de estado de acabamento relativa a algum outro estado não acabado tinha se perdido; o significado de "acabamento" havia sido destruído. A expressão começou a desaparecer. Embora às vezes, como se negociasse comigo mesma, eu me pegasse imaginando uma mulher acabando continuamente com a limpeza da casa. Até que, pouco tempo atrás, percebi que *não estava* tão acabada, e descobri isso porque vi que a puma tinha pegado um pano de prato e estava usando-o para enxugar a água que derramara no chão.

AS ESPÉCIES

A bebê adora olhar fotos de bebês. E desenhos de bebês. E apesar de ela não brincar com outros bebês com frequência, ela os observa na rua com um interesse especial, com muito mais interesse do que dedica a um adulto que também se mostre indiferente. Ainda que com menos atenção do que daria a um cachorro. É um tipo de interesse muito particular, um interesse de espelho, estou supondo. Ela ainda não sabe que vai ficar maior. Ela ainda não sabe que vai se tornar uma de nós. Nós somos das espécies grandes; ela é das espécies pequenas.

A LITERATURA TEM MAIS CACHORROS DO QUE BEBÊS

Na literatura há mais cachorros do que bebês, e também mais abortos. Quase todos os bebês que aparecem na literatura são, por volta do terceiro parágrafo, já crianças, quando não já adultos. Mas existem algumas exceções. Em *Amada*, de Tony Morrison, uma bebê de dois anos é assassinada por sua mãe para proteger a filha de uma vida de escravidão, ou da vida em si, e a bebê regressa (ao que parece) como um fantasma para assombrar sua família. Um bebê é um personagem importante em *The Millstone*, romance de Margaret Drabble, publicado em 1965, sobre uma mãe solo no meio acadêmico, embora o bebê pareça mais um pingente pesado do que um ser vivo. E em *Uma questão pessoal*, de Kenzaburo Oe, o bebê do narrador nasce com um cérebro aparentemente deformado que é expulso do seu crânio, e o narrador então viaja pela cidade com o bebê, pensa em deixá-lo morrer, mas não faz isso, pensa em navegar para a África, mas não faz isso e, finalmente, o narrador volta ao hospital e descobrem que a deformidade do bebê era só superficial e facilmente corrigível: o bebê não é um monstro, afinal de contas — então quem *é* deformado? Quem *é* um monstro? —, e o pai, lá no Japão pós-Segunda Guerra Mundial, recebe parabéns dos seus sogros, como se sua boa sorte fosse um reflexo do seu bom caráter moral, assim como antes sua má sorte era vista como reflexo da sua falta de caráter moral. O romance *O quinto filho*, de Doris Lessing, fala de uma família com quatro crianças, e a família inteira é feliz e ideal, até demais, até que nasce o catastroficamente diabólico quinto filho, que, mesmo ainda bebê, é aterrorizante. (Contudo, começamos a perceber que ninguém além da própria família parece achar o quinto filho tão difícil ou estranho, e de fato a criança parece simplesmente não ser amada, e seu único defeito real, à medida que cresce, parece ser que ele se sente à vontade numa classe inferior à da sua família distinta, que não pode mais dispor da fantasia da mansão que habita.) Em alguns dos contos de Lydia Davis, um bebê com frequência interrompe um pensamento, ou então é um pensamento. Em "Penas", de Raymond Carver, um casal vai jantar na casa de outro que eles não conhecem muito bem, a casa está um caos, há um pavão vagando dentro da casa, e então os visitantes conhecem o bebê do casal anfitrião, um bebê do qual o casal parece beatificamente orgulhoso, um bebê que para o narrador é gordíssimo, o bebê mais feio que ele já viu; e depois de testemunhar o amor dos pais pelo bebê feio, naquela mesma noite o narrador e sua mulher vão para casa e decidem eles mesmos ter um bebê, e bem no fim da história avançamos no tempo e descobrimos que o homem está chateado porque sua esposa cortou o cabelo curto e sua vida parece, com o bebê, sufocante e previsível. Em *Anna Kariênina*, Tolstói torna vívidos e reais os bebês de Anna e Kitty. (Tolstói também escreveu sobre a vida interior de uma árvore morrendo.) Na coletânea de contos *Nice Big American Baby*, de Judy Budnitz, várias histórias contêm bebês: um que foi gestado por quatro anos; outro negro escuro, apesar de seus pais serem brancos; muitos, muitos feitos por soldados que chegaram e partiram. Talvez o bebê mais plenamente realizado que já li apareça num conto de Lorry Moore, "People Like that Are the Only People Here", no qual o bebê é Bebê, o pai é Marido, a mãe é Mãe e o oncologista é Oncologista. Em *Dept. of Speculation*, de Jenny Offil, encontramos um bebê querido e com cólicas e também o colapso (pelo menos por um tempo) de um casamento. Não consigo pensar em nenhum bebê em Shakespeare, a não ser se contarmos Calibã, o que talvez seja o caso. Pode-se dizer que quase todos os bebês na literatura, quando aparecem por mais de um instante, tendem a ser catalisadores de decadência ou desespero, como alguns bebês na vida real com certeza são (embora a literatura seja apenas um espelho convexo, e convexo de maneira irregular, mais como uma colher velha e sem brilho — e definitivamente uma colher de prata). Vários bebês modernos levados à página parecem ter mais em comum com o que é descrito no *Conto da aia*, de Margaret Atwood, como "não bebês", em vez de "bebês para ficar". Com seu fardo monstruoso, esses bebês se assemelham ao meu favorito de todos os bebês retratados, aquela criatura do século XIX a quem foi negado até mesmo o luxo de uma infância, aquele pobre desgraçado solitário que no primeiro dia da sua vida já tinha mais de um metro e oitenta, e sobre o qual seu criador disse, como se estivesse arrependido: "O mundo era para mim um segredo que eu desejava adivinhar". O *Frankenstein* de Mary Shelley não é a alegria infantil de Coleridge ou Blake, pelo contrário, é a história de uma criança zangada por ter nascido, uma meia rima emocional com o próprio livro, que foi denominado pela sua mãe/autora de "prole hedionda" — uma frase mais triste do que provocadora —, já que a própria Mary Shelley sabia ser a prole cuja chegada causou a morte da mãe, Mary Wollstonecraft, a defensora dos direitos das mulheres. (E Mary Shelley então teve que assistir, depois de escrever seu livro, ao primeiro, ao segundo e ao terceiro filho morrer na infância.) No entanto, se dou a impressão de incorrer num elogio aos bebês — tão sub-representados! —, como se eles necessitassem dos seus próprios estudos subalternos, então fui longe demais. Sabemos que os bebês são os únicos entre nós que estão em aliança com o tempo. Eles são os únicos que acessam o poder de modo incontestável, ou ao menos estão numa posição incomensuravelmente melhor do que a dos seus codesiguais mais velhos. A maneira como um bebê num carrinho se assemelha de leve a um potentado gordo, dando a breve impressão de não merecer amor, tem algo de premonitório. Até mesmo ao ver um bebê levantar a mão gordinha — curvar-se diante desse imperador aleatório pode parecer muito apropriado.

MAIS FRANKENSTEIN

Frankenstein não é o nome do monstro, é só o nome do criador do monstro; o monstro propriamente dito nunca ganhou um nome, o que contribui para a confusão produtiva que leva a maioria das pessoas, até aquelas melhor informadas, a pensar e falar da criatura como "Frankenstein".

O dr. Frankenstein, de certo modo o pai (e mãe), percebe a criatura, logo depois da sua criação, espiando na beirada da cama, como uma criança pequena no quarto dos pais. O dr. Frankenstein foge da visão, aterrorizado. A criatura é deixada por conta própria. Ele fica por um tempo rondando a casa de uma família da qual sonha fazer parte; o chefe daquela família é um homem cego; um dia, a criatura cria coragem para se apresentar ao cego bondoso; o homem escuta, com sensibilidade, a história da criatura; então os filhos do homem voltam, gritam de horror e lutam para espantar o "monstro", enquanto o monstro em questão chora e se agarra aos joelhos do pai cego, como uma criança muito pequena.

Depois disso, a criatura fica raivosa e violenta — também como uma criança pequena.

A criatura come apenas frutas e bagas, nunca carne.

Muitas pessoas relatam que quando veem bebês, sentem vontade de comê-los.

Então bebês aparecem, sim, na literatura, talvez mais do que tenhamos notado à primeira vista.

E FILMES

Entre as coisas com frequência observadas sobre o filme *Godzilla* original, destaca-se que ele saiu em 1954 e foi o primeiro filme a reconhecer a bomba de Hiroshima e Nagasaki, embora de maneira indireta. Diz-se que Godzilla foi despertado por testes nucleares, suas pegadas são radioativas e as únicas palavras em inglês ditas no filme são *Geiger counter* e *oxygen destroyer*. Além disso, uma mulher num trem de passageiros fala sobre o Godzilla: "Primeiro a chuva ácida e agora Godzilla".

Mas Godzilla não quer necessariamente causar danos; malícia não é um aspecto fundamental desse personagem. Em certo sentido, ele não tem malícia alguma, apenas raiva. Minha cena favorita de *Godzilla* é aquela na qual o vemos subaquático, no ambiente natural dele (ou talvez dela). Debaixo d'água, Godzilla é encenado por um brinquedo obviamente pequeno. O brinquedo é uma criatura com efeitos especiais muito menos detalhados do que o Godzilla da superfície. O Godzilla subáquatico se desloca como um cavalo-marinho pelo leito oceânico enquanto toca uma música clássica extradiegética; seus movimentos suaves e pulsantes quase fazem parecer que foi o próprio Godzilla subaquático quem pôs a música delicada, num aparelho subaquático invisível. Esses efeitos especiais "precários" contribuem perfeitamente para o efeito geral: Godzilla é uma criatura infantil, sem consciência da sua destruição. Mesmo o Godzilla terrestre caminha todo esparramado, como uma criança pequena. Certa vez, li alguns estudos que investigavam a questão de quando é que criminosos violentos se tornaram violentos; os estudos concluíram que não se trata de uma violência que apareceu de repente, mas sim que em algumas pessoas, mais do que em outras, seja qual for o motivo, a violência natural da juventude nunca se extinguiu.

PRINCESA KAGUYA

A bebê parece menor hoje, sua mão se estica, agarra e solta como uma anêmona. Pego algo que já li antes, algo que é bastante curto; a bebê está enrolada em forma de burrito num cobertor fininho perto de mim. Eu a deixo de lado, para que ela possa olhar para os cartões em preto e branco encaixados entre as almofadas do sofá. Ela parece contente, e eu leio a história outra vez. A história, *The Tale of the Bamboo Cutter*, é baseada num mito japonês de pelo menos mil e duzentos anos.

O conto fala sobre um senhor cortador de bambu que um dia se depara com um talo brilhante. Dentro do talo, ele encontra uma bebezinha bem pequena. O senhor a leva para casa e com sua esposa criam a garota como se fosse deles. O casal, anteriormente pobre e sem filhos, agora encontra ouro cada vez que sai para cortar mais bambu. A garota rapidamente se torna a garota mais bonita do povoado, atraindo a atenção até mesmo do imperador. Mas a menina é temperamental. Ela não tem interesse em pretendentes. Ela passa um bom tempo olhando para o céu à noite. Um dia, chega uma nave espacial. Descobrimos que a garota vem de outro planeta! O ouro no bambu foi um presente em agradecimento aos seus pais adotivos por manterem-na segura; havia acontecido uma guerra no seu planeta, mas agora era o momento de voltar para o lugar ao qual ela verdadeiramente pertencia. A garota sobe na nave e vai embora, para sempre.

De repente, aquele estranho mito antigo parece ser apenas um conto objetivo e basicamente realista sobre bebês: sua chegada parece sobrenatural, eles parecem vir de outro mundo, a vida perto deles adquire uma certa riqueza inexplicável, você é advertido de que em algum momento eles vão partir e abandoná-lo. Uma descrição mais "realista" de um bebê — ou seja, "nasceu depois de um trabalho de parto de dezessete horas... com três quilos e quatrocentas gramas... mamava a cada duas horas... sorriu com oito semanas, pegou objetos com doze semanas..." — deixa de fora quase tudo. Apenas o sobrenatural capta o real. Ou assim pode parecer para uma mãe nos melhores dias, pelo menos para a mãe de uma bebê relativamente fácil, que está deitada ao seu lado, olhando a imagem de uma coruja.

RUMPELSTICHEN

Rumpelstichen é um duende com a exuberância e o temperamento de uma criança de dois anos. Ele ajuda a filha do moleiro a transformar palha em ouro. Ele a ajuda desse jeito não uma nem duas, mas três vezes! Sua ajuda salva tanto a filha do moleiro quanto o próprio moleiro. Em algumas versões da história, isso até leva ao casamento da filha do moleiro com o rei. Mas Rumpelstichen não faz isso a troco de nada; na terceira vez que ele transforma palha em ouro, ele o faz em troca do futuro primogênito ainda não concebido da filha do moleiro.

Mesmo assim, Rumpelstichen não é um homem mau. Quando a filha do moleiro não quer abrir mão do seu primogênito, Rumpelstichen oferece a ela uma saída. Ele não tem que lhe oferecer uma saída, mesmo assim o faz. Por isso que ele é um pouco fofo. A famosa saída que ele oferece — se ela conseguir adivinhar o nome dele em três tentativas, não precisa entregar o bebê — não fazia parte do acordo original. Por que, então, ele oferece essa saída?

Talvez nomear um recém-nascido não seja tão diferente de adivinhar o nome de Rumpelstichen: qualquer nome é possível, mas apenas um se mostra correto. É quase como se Rumpelstichen tentasse lembrar a filha do moleiro de que ela é sua mãe. O nome de Rumpelstichen, em todas as versões, em todas as línguas, traduz-se em algo como: "querido pequeno goblin que faz barulho com uma perna de pau". *Ele* é o primogênito, *ele* é a fonte original de ouro; ele é ambivalente a respeito de ter um irmão.

COMO A PUMA AFETA OS OUTROS, UM

Um amigo tem dois filhos com uma mulher com quem não é mais casado, e agora está com uma mulher que não tem filhos, e que talvez queira ter filhos, apesar de ninguém ter falado sobre isso abertamente comigo, só estou pressupondo. Os dois filhos desse amigo agora são adolescentes, e eles já têm um meio-irmão por parte de mãe, uma mulher que é conhecida por ser atraente mas pouco confiável, capaz de, digamos, pousar em Chicago antes de começar a telefonar para providenciar a babá dos seus filhos que ficaram em Nova York. Meu amigo paga as despesas da faculdade do meio-irmão. Tenho a sensação de que ele tem medo de criar filhos mais uma vez com alguém que pode revelar não possuir, necessariamente, a estrutura interna adequada para criá-los, mas tudo isso também é suposição, e meu amigo nunca menciona se pensa em ter ou não outro bebê, e, conhecendo-o como o conheço, é razoável supor que ele também não tenha mencionado esses pensamentos para si mesmo.

Certa tarde, esse amigo foi na nossa casa para conhecer a puma, quando ela era recém-nascida, tinha menos de duas semanas de vida. Ele chegou usando um colete que pesa dezoito quilos. O colete, ele disse, é recomendado para aumentar a força e a resistência. É só uma coisa que ele está experimentando. Meu amigo acabou de caminhar dez quadras da casa dele até a nossa, não é um percurso muito longo. Mas com o colete. Seus filhos adolescentes e a namorada também vieram, eles frequentemente estão juntos. Ele é muito próximo de todos eles. Ninguém fala nada sobre o colete. Ele se desculpa por chegar um pouco atrasado. Tinha participado de uma aula para pais adotivos em potencial, explica. Nunca tínhamos ouvido falar desse interesse por adoção antes; é novo. "Você sempre sonha com uma criança normal, sem problemas, que ficou órfã por causa de um acidente de carro", ele disse, explicando sua hesitação, embora tenha interesse, em ter filhos adotivos. "Mas pelo jeito é muito mais difícil do que isso."

COMO A PUMA AFETA OS OUTROS, DOIS

Moramos no cruzamento da Penn Station, da Port Authority e do Lincoln Tunnel. Poucos bebês estabelecem seu lar nessa parte da cidade, enquanto muitos homens sem lar o fazem. Entre a porta da frente do nosso prédio e o açougue na esquina, mora um hispânico muito magro que às vezes dorme na calçada, às vezes ajuda a empresa de catering vizinha a carregar suas caixas e às vezes só fica por ali. Certa vez, eu o vi dirigindo alguns ônibus para fora do estacionamento que fica aqui perto. Há momentos em que ele está bem, fumando um cigarro e puxando papo com o pessoal do catering, dos carrinhos de comida e das lojas de roupas da quadra, há outros em que não está e fica meio dormindo na calçada. Logo que me mudei para a vizinhança, passei por ele numa tarde em que estava sentado na calçada, encostado na parede do açougue, e ele cuspiu em mim e gritou: "Feia!". Depois que ele cuspiu em mim uma segunda vez, comecei a atravessar a rua para evitá-lo, sobretudo quando estava grávida e, de modo geral, mais precavida do que o habitual.

Mas nesses dois meses em casa com a puma, o ambiente ao meu redor perdeu a nitidez, como naquelas fotografias tiradas com o diafragma bem aberto, e um dia não percebi esse homem que mora na nossa quadra, então não atravessei a rua para evitá-lo; em vez disso, passei direto por ele e ouvi alguém gritando para mim — era ele gritando para mim: "Deus te abençoe! Que lindo menino. Cuide desse menino". Essa tem sido sua resposta invariável quando nos cruzamos desde então. Mesmo que a puma agora use, às vezes, um vestido. Agora, quando passamos, ele e a menina sempre trocam um high five. Na verdade, quase sempre. Quando está fumando, ele sugere que ela não chegue tão perto.

NOTAS SOBRE ALGUNS ESCRITORES DO SÉCULO XX

Flannery O'Connor: Sem filhos.
Eudora Welty: Sem filhos. Um livro para crianças.
Hilary Mantel, Janet Frame, Willa Cather, Jane Bowles, Patricia Highsmith, Elizabeth Bishop, Hannah Arendt, Iris Murdoch, Djuna Barnes, Gertrude Stein, Virginia Woolf, Katherine Mansfield, Mavis Gallant, Simone de Beauvoir, Barbara Pym: Sem filhos.
Helen Gurley Brown, autora de *Having It All*: Sem filhos.
Katherine Anne Porter: Sem filhos, muitos maridos.
Alice Munro: Três filhos. Dois maridos. Primeira coletânea de contos aos trinta e sete anos.
Toni Morrison: Dois filhos. Primeiro romance aos trinta e nove anos.
Penelope Fitzgerald: Três filhos. Primeiro romance aos sessenta anos. Depois disso, mais oito romances.
John Updike: Muitos filhos. Muitos livros. Primeiro livro aos vinte e cinco anos.
Saul Bellow: Muitos filhos. Muitas esposas. Muitos livros. O primeiro, aos vinte nove anos.

Doris Lessing: Deixou dois dos seus três filhos para serem criados pelo pai dela. Depois semiadotou uma adolescente, da mesma idade de um dos seus filhos. Ela disse, e teve de lidar repetidas vezes com perguntas relacionadas a isso, que não havia "nada mais chato para uma mulher inteligente do que passar infinitas quantidades de tempo com uma criança pequena". Muitos livros.

Muriel Spark: Um filho, nascido na Rodésia do Sul, durante seu casamento com Sydney Oswald Park, que sofria de transtorno maníaco-depressivo. Ela se mudou para Londres sozinha, abandonado o marido. Seu filho pequeno, também abandonado, acabou aos cuidados de vendedores de fruta na estrada, antes de, por fim, se mudar para a Escócia para morar com os avós maternos. O filho, mais tarde, foi deserdado por ela, que ficou chateada, dizem, porque ele saiu por aí reclamando que a mãe não admitia que era judia. Entre outras coisas. Muitos livros.

Rebecca West: Teve um filho com H. G. Wells, com quem não era casada. Tentou convencer a criança de que ela era sua tia e não sua mãe (sem dúvida, para o seu próprio bem). Em 1955, o filho escreveu um *roman à clef*, *Heritage*, sobre um filho de pais mundialmente conhecidos; a mãe não aparece bem no livro. Por vinte e nove anos, West impediu com sucesso a publicação. Em 1984, quando o romance foi finalmente lançado, o filho, com sessenta e nove anos, escreveu uma introdução para a obra que condenou ainda mais sua mãe. No mesmo ano, o filho publicou uma biografia elogiosa do pai ausente.

Shirley Jackson: Quatro filhos.

J. G. Ballard: Ficou viúvo com três filhos pequenos. Bebia todos os dias, era muito produtivo e chamou as filhas, na sua autobiografia homônima, de "milagres da vida". Ao falar sobre o momento em que viu as filhas recém-nascidas, escreveu: "Longe de serem jovens, tão jovens quanto pode ser um ser humano, elas pareciam imensamente velhas, com a testa e os traços do rosto polidos pelo tempo, tão arcaicas e lisas como a cabeça dos faraós das esculturas egípcias, como se tivessem viajado uma distância imensa para encontrar seus pais. Então, um segundo depois, elas se tornaram jovens". Ballard também escreveu com carinho sobre a época da sua infância passada nos campos de prisioneiros em Xangai.

BEBÊS DE OUTRAS PESSOAS

Não costumam interessar.

BEBÊS DE OUTRAS PESSOAS, DOIS

A cada hora nascem 14 500 bebês.

BEBÊS DE OUTRAS PESSOAS, TRÊS

Quando Lucille Ball estava grávida, sua personagem na televisão também estava, apesar de a palavra "grávida", naquela época, não poder ser pronunciada na televisão, como se fosse um palavrão; Lucy estava, em vez disso, esperando nenê. Ela carregava malas e ficava atrás de cadeiras e sofás, de modo a proteger os espectadores de uma percepção visual completa do que ela esperava. O marido de Lucy no programa, Ricky Ricardo, era interpretado pelo marido dela de verdade, Desi Arnaz. Na vida real, Lucille Ball recusou ofertas do show business até que alguém se dispusesse a contratar também Desi Arnaz, a quem, provavelmente por ser cubano, as oportunidades de emprego costumavam ser negadas. Em *I Love Lucy*, essa dinâmica é invertida. Ricardo é um líder de banda bem-sucedido num clube noturno, e uma situação recorrente na trama são as tentativas desesperadas de Lucy de fazer parte do show dele. O episódio de *I Love Lucy* no qual Little Ricky nasce foi assistido por 44 milhões de americanos, em três de cada quatro casas onde havia uma televisão, e foi intitulado, simplesmente, *Lucy vai ao hospital*.

BEBÊS DE OUTRAS PESSOAS, QUATRO

A *People* pagou 14 milhões de dólares pelas primeiras fotos dos gêmeos de Brad Pitt e Angelina Jolie.

INVERSÕES

Murasaki Shikibu, de *O conto de Genji*, e Sei Shônagon, de *O livro do travesseiro*, conheciam-se. Não eram fãs uma da outra. Shikibu era reservada e retraída, e mais bem colocada politicamente; Shonagon era espirituosa, dialogava com brilhantismo e tinha uma posição menos estável na corte. Educadas pelos pais, ambas sabiam chinês, que era a língua dos poderosos e dos políticos (e da literatura séria), e era a língua não ensinada às mulheres; esperava-se das mulheres que falassem e escrevessem apenas em japonês; ambas escreveram suas obras-primas em japonês, a insignificante língua de mulheres e fofoca.

Depois de *O livro do travesseiro* e de *O conto de Genji*, o terceiro livro mais citado e significativo do período Heian é *Tosa Nikki*. É uma espécie de caderno de viagens, escrito em japonês por um autor por trás de um pseudônimo feminino, e sua frase de abertura é: "Ouvi dizer que diários são coisas feitas por homens, mas vamos ver o que uma mulher consegue fazer".

MÃES ESCRITORAS

Ao que parece, tanto Murasaki Shikibu quanto Sei Shônagon tiveram bebês. Não sei até que ponto as damas na corte de Heian criavam seus bebês. Pelos livros é difícil dizer. Mas pelo menos, ao que tudo indica, elas os criavam por um certo tempo. Até as imperatrizes amamentavam. Shikibu descreve nos seus diários que era patético ver a filha da imperatriz não pegar no peito. Shonagon reclama, em *O livro do travesseiro*, das amas de leite excessivamente possessivas. A imperatriz de Shonagon, uma imperatriz diferente da de Shikibu, é afastada da corte para ter seu bebê. Enviada a um lugar onde o status é escancaradamente inferior, ela está em declínio político, e a passagem em que Shonagon descreve esse exílio em função da gravidez é uma das mais deliberadamente animadas de todo o livro; a imperatriz morre logo depois de dar à luz.

Hoje em dia há muitas escritoras que são mães, que algumas vezes escrevem especificamente sobre maternidade, num gênero que reconhecemos como literatura. Ou ao menos existem algumas mães escritoras nesse sentido, ainda que não muitas. Há Elena Ferrante e Sarah Manguso. Mas, entre as mães escritoras atuais, provavelmente duas das mais celebradas são homens: Karl Ove Knausgård e, à sua maneira, Louis C. K.

QUANDO A BEBÊ VEIO PARA CASA

Eu a coloquei no berço e ela não chorou. Por que, me perguntei, ela não está angustiada? É como se ela suspeitasse que nós vamos, é claro, nos importar com ela e amá-la. Parecia tão estranho que ela pudesse supor isso. Respeitei sua coragem.

QUANDO A IMPERATRIZ SE MUDOU

A passagem em *O livro do travesseiro* intitulada "Quando a imperatriz se mudou" fala de todas as coisas engraçadas e cômicas que acontecem quando a imperatriz Teishi e sua corte (incluindo Shonagon) se mudam do palácio principal para outra residência, em que o portão não é amplo o bastante para a carruagem passar, onde o dono da casa não conhece as palavras para as coisas e onde não se proporciona às damas da corte sua devida privacidade. Nessa passagem, Shonagon não menciona que a imperatriz está grávida e doente; que outra mulher, de outra família, foi também recentemente nomeada imperatriz; que a mudança para uma casa muito abaixo da sua posição era uma mudança política, parte de uma tentativa de transferir o poder para uma família diferente; e também não menciona que a imperatriz Teishi em breve irá morrer no parto, um evento que provavelmente já havia acontecido quando a passagem foi escrita, mas que não foi contemplado nela. Em vez disso, a escrita está repleta de risos e "charme", e os estudiosos dizem que a passagem está carregada daquilo que na estética japonesa é conhecido como *okashii* — o engraçado e o estranho —, e essa alta incidência de *okashii* (em oposição a *aware*, grosseiramente traduzido por páthos das coisas que passam) costuma aparecer n'*O livro do travesseiro* nos momentos em que devemos esperar pelo oposto, em situações de angústia a perda. (Isso é parte do que me faz associar o livro ao que entendo como "pequeno", em oposição a "menor".)

A entrada de diário que vem imediatamente *depois* de "Quando a imperatriz se mudou" (e embora não possamos ter certeza da ordem original das passagens, é plausível que elas estivessem nessa ordem) é cheia dessa qualidade que recebe o comovente nome de *aware*. Ela fala de um cão favorito do palácio que é punido com a expulsão — enviado para uma Ilha de Cães! — e que um dia regressa, ferido e macilento. O cão que volta finge ser um cachorro diferente, mas chora lágrimas reveladoras quando seu verdadeiro nome é mencionado. Por fim, o cão recebe um perdão imperial — sua infração foi ter assustado uma gata muito amada que usava um adereço imperial de cabeça e era conhecida como Lady Myobu, por isso ele foi banido — e dali em diante, de acordo com Shonagon, ele "voltou ao seu estado de felicidade prévio". Ela prossegue: "No entanto, mesmo agora, quando me lembro de como ele tremeu e choramingou em resposta à nossa compaixão, me parece uma cena estranha e comovente; quando as pessoas falam comigo sobre isso, eu mesma começo a chorar". É a passagem com um final feliz que termina em lágrimas.

É difícil classificar *O livro do travesseiro*. Não é um romance nem um diário, nem poemas, nem conselhos, mas tem características de tudo isso, e teria sido entendido na época como um tipo de miscelânea, uma forma familiar. O livro consiste em 185 entradas, várias delas bem curtas, algumas são anedotas, outras se apresentam como listas ou pronunciamentos. "Bois devem ter testas bem pequenas com cabelos brancos", começa uma das entradas curtas. "Um pregador deve ser bonito", começa outra, mas então a passagem desaba em: "Mas eu realmente devo parar de escrever esse tipo de coisa. Se eu ainda fosse jovem o suficiente, poderia me arriscar a sofrer as consequências de declarar essas impetuosidades, mas, no atual estado da minha vida, devo ser menos frívola".

Com frequência, Shonagon parece desenfreadamente mesquinha sobre questões de "gosto" — "Nada pode ser pior do que permitir que o motorista de uma carruagem de bois esteja malvestido" —, e temos de lembrar que a escritora da passagem, Shonagon, era uma pessoa cujo poder muito limitado derivava quase exclusivamente da sua capacidade de manipular a linguagem de modismos passageiros. Ela sabe a melhor maneira de engomar algodões, quais cores ficam melhor sob outras e como segurar um leque; essa arena de pequenas decisões era um tipo de política, o único tipo disponível para ela. Na lista "Coisas que perderam seu poder", encontramos:

uma mulher que retirou suas mechas falsas para pentear os cabelos curtos que restaram... Uma grande árvore que foi derrubada por uma ventania e tombada de lado com suas raízes para cima... A figura em retirada de um lutador de sumô que foi derrotado numa partida... Uma mulher que está zangada com seu marido sobre algo sem importância sai de casa e vai a algum lugar para se esconder. Ela tem certeza de que ele irá correndo procurar por ela; mas ele não faz nada do tipo e demonstra a mais insuportável indiferença. Como ela não pode ficar fora para sempre, engole seu orgulho e volta.

Os estudiosos não têm certeza a respeito do verdadeiro nome de Shonagon, mas sabe-se que o pai dela era um poeta, que ela não era considerada naturalmente bonita e não há consenso sobre sua morte: não se sabe se morreu como uma freira empobrecida no campo ou numa mediana classe nobre com um segundo marido.

Minha entrada favorita de *O livro do travesseiro* é uma história não tão simples que Shonagon conta sobre a "letra de mulher". "A letra de mulher" é escrita em japonês, em vez de chinês. A passagem começa simples assim:

O capitão primeiro secretário, Tadanobu, tendo ouvido alguns rumores falsos, começou a falar de mim nos mais desagradáveis termos. "Como pude pensar nela como um ser humano?" era o tipo de coisa que ele costumava dizer...

O que não se menciona na passagem é que Tadanobu havia sido amante de Shonagon e recentemente fora promovido a uma posição mais alta na corte. Seu novo ódio por Shonagon não é apenas emocionalmente doloroso, mas é também uma ameaça; Shonagon, como qualquer dama da corte, estava sempre sob o risco de ser mandada embora, no instante em que sua presença não fosse mais considerada atrativa, mas essa possibilidade não é enfatizada na narrativa; ao invés disso, Shonagon tenta rir do problema. Ela então ouve dizer que Tadanobu tinha admitido que a vida tem "no fim das contas sido um pouco entediante sem" Shonagon. Pouco tempo depois, um mensageiro traz a Shonagon uma carta de Tadanobu. Ela não quer ser perturbada enquanto lê, então diz ao mensageiro que vá embora, e que sua resposta será enviada depois; o mensageiro responde que não, que seu mestre disse que, caso não houvesse uma resposta imediata, ele deveria levar a carta de volta. Shonagon abre a carta e encontra a estrofe inicial de um poema chinês:

> Com você é tempo de flores
> Enquanto senta no Salão do Conselho
> Debaixo de uma cortina de brocado.

Abaixo do verso, o poderoso ex-amante acrescentou: como termina a estrofe?

O poema foi escrito por um reverenciado poeta, Po Chu-I, quando estava no exílio. Enviar um poema chinês a uma mulher não fazia sentido — uma mulher não deveria saber chinês, a língua dos políticos e da poesia erudita. (*O livro do travesseiro* foi escrito em japonês, a língua comum.) Tadanobu havia armado uma espécie de armadilha para Shonagon. Para ela, demonstrar seu conhecimento de chinês não seria feminino. Ou ela poderia fingir que é ignorante — e Tadanobu sabe que ela se orgulha da sua inteligência — ou poderia responder, conscientemente, em chinês, o que no mesmo instante revelaria que ela tem uma escrita chinesa fraca, e também que é vulgarmente franca sobre o fato de ser versada em chinês e em tudo.

Shonagon pega um pedaço de carvão do fogo e o usa para escrever, em japonês, em "letra de mulher", abaixo da nota de Tadanobu:

> Quem iria visitar
> Essa minha cabana de palha?

As palavras são as linhas finais de um poema escrito por outro poeta, também em exílio, mas um poema escrito em japonês. Em contraste com o Salão do Conselho e o brocado, a cabana de palha é um cenário humilde; o japonês, em oposição ao chinês, é a língua humilde; o carvão é mais humilde do que o nanquim; uma pergunta é uma forma mais submissa do que uma afirmação; a destinatária mostra que não é nenhuma das coisas que o remetente sugere na estrofe inicial, na realidade é o oposto; mas a demonstração de sabedoria e aprendizagem, ao mesmo tempo velada e visível, é uma exibição do único tipo de poder que Shonagon tem; saber obscurecer esse poder de modo aceitável, numa modéstia elegante — é sua mais profunda demonstração de virtuosismo. Além disso, o conteúdo da nota é um simples convite ao amor.

"Como alguém pode romper com uma mulher como essa?", diz um amigo a Tadanobu.

Dentro de um dia, todos os fidalgos do imperador têm a resposta de Shonagon escrita nos seus leques. Shonagon se torna não só a iguaria mais cobiçada, mas também uma espécie de lenda na corte por causa da sua observaçãozinha espirituosa, do seu minúsculo ato. Mas é através de uma teia dessas pequenas elegâncias que Shonagon sobrevive, já que ela não é bonita nem nobre, e muito em breve também não será mais jovem. A cada semana ela está mais em risco de ser mandada embora, e mesmo sua inteligência, que a salva, também a torna vulnerável. Ela não consegue suportar a visão do seu reflexo, ou a visão de outras mulheres em declínio, e essa repulsa também alimenta seu trabalho. "Não consigo lidar com uma mulher que usa mangas de largura desigual", ela diz. E: "Quando imagino como é ser uma dessas mulheres que mora numa casa... me encho de desprezo". Assim como o julgamento que um samurai faz de um ronin tem o efeito psicológico de alguém avistando a si mesmo num estado inferior, Shonagon dedica sua maior severidade às figuras que se parecem com ela. Na sua lista de "coisas impróprias", ela observa: "Uma mulher que já passou da juventude está grávida e caminha ofegante". Outra passagem descreve a visita de uma freira mendiga que está pedindo oferendas do altar — pedindo, basicamente, comida. Shonagon e as outras mulheres da corte se divertem com a freira mendiga que dança e canta, mas também sentem repulsa pelas suas roupas e suas maneiras, que são repetidamente descritas como repugnantes. As damas preparam uma embalagem com comida para a freira mendiga, e então reclamam que ela continua vindo pedir; escutamos que a voz da mendiga é curiosamente refinada; o destino da freira poderia facilmente ser o das mulheres que agora são da corte, embora isso nunca seja dito. Em vez disso, a passagem da freira mendiga muda de maneira brusca para uma longa anedota sobre todos os tipos de esperanças e apostas entre as damas da corte a respeito de qual monte de neve feito no pátio durará mais; nenhuma das damas da corte vence; Shonagon prepara um poema sobre a última neve; a imperatriz mandou varrer a neve, arruinando o jogo; Shonagon está mais devastada por isso do que faria sentido ficar; mas a imperatriz tratou suas damas da corte da mesma maneira indulgente e depois insensível que as damas da corte trataram a freira mendiga; Shonagon sobrepõe as cenas, assim podemos ver cada pessoa, até mesmo a imperatriz, perdendo poder, agarrando-se a todos os pequenos entretenimentos que podem oferecer, seu único recurso. A cultura do gosto conta, inutilmente, outra história.

TELAS

A decisão é que a bebê não terá contato com telas — sem iPhones, sem iPads, sem televisões ou qualquer outra coisa que exista. "Você tem que dar a ela uma máquina de vídeos", disse minha mãe, exibindo seu entendimento das tecnologias que existem. "Você tem que oferecer a ela alguma programação, talvez em francês", disse meu irmão. Quando eu era pequena, havia uma necessidade desesperada de instalar computadores nas escolas. Atualmente, li estudos que mostram que laptops dados a crianças em vilas rurais na África arruinaram a educação delas: suas notas caíram, elas desistiram. Outro dia, li que crianças que têm muito "tempo de tela" se relacionam com diagramas de formas geométricas de maneira diferente que as crianças que têm pouco ou nenhum contato com telas. As implicações de meios alternativos de compreender diagramas de formas geométricas são obscuras para mim, mas parece algo importante, de toda maneira. Talvez até de suma importância. Também li que crianças que ficam sem utilizar telas por um tempo curto, como uma semana, olham mais nos olhos e pontuam melhor em testes de identificar emoções no rosto de outras pessoas. Claro, "estudos" é geralmente só outra palavra para absurdos com evidências parciais, mas eles estão lá. Eu mesma, quando criança, passava de oito a nove horas por dia assistindo televisão, sobretudo reprises de seriados. Apesar de eu não ser uma alma completamente vazia, sinto que poderia ter feito melhor. Minha filha não terá contato com telas, decidi. Não por muito tempo. No entanto, apesar disso tudo, ao completar um ano minha filha já consegue tocar música, passar pelas fotos e fazer ligações interurbanas no meu iObjeto. Esse desenvolvimento acontece sem as telas.

VÍDEOS DE IPHONE

Vídeos de iPhone com a puma têm a infeliz característica de parecer que ela morreu, deixando a espectadora, eu, condenada a assistir de novo e de novo a mesma cena. Quanto mais banal a cena, mais intenso é esse efeito. O vídeo dela engatinhando pela sala para pegar um skate de brinquedo e depois comer um pedaço de morango — é uma sequência de sete segundos capaz de destruir corações. Imagino que isso tenha a ver com algum tipo de sensação intensificada do tempo passando, provocada por estar em contato com a ilusão de estar parada no tempo. Ou com o tédio, com a hostilidade ou com o amor. Mas descobri que as qualidades afetivas das sequências são diferentes para a puma. Quando assiste à mesma sequência de novo e de novo, ela a olha como alguém que teve acesso a um livro sagrado e não tem medo das mensagens que ele carrega.

MUITOS ESCRITORES TÊM FILHOS

Às vezes, esses filhos escrevem memórias. É raro que essas memórias sejam felizes. Isso deve revelar mais sobre a natureza das memórias do que sobre a natureza de ser filho de um escritor. (Se ser filho de um escritor é realmente pior do que ser filho de um contador, um professor, um dono de mercadinho, um corretor de imóveis ou um supervisor continuará sendo difícil de dizer, uma vez que o viés da seleção — filhos de escritores mais propensos a escrever — torna as memórias, no que diz respeito a essa questão, um conjunto de dados mais problemático do que o usual.) Percebi que há certa consistência nas reclamações acerca dessas memórias: o filho vem mostrar algo ao pai escritor, que está escrevendo num cômodo da casa durante o dia todo, e o pai diz ao filho: Não posso agora, estou trabalhando. Há também descrições frequentes da ameaçadora, hostil e intransigente porta do escritório de casa. Ao que parece, é muito problemático para os filhos ver seus pais trabalhando, ao menos fazendo um tipo de trabalho que não se faz visível de um jeito óbvio, mesmo que o total de horas de trabalho, portanto de ausência parental, seja igual (ou, mais provavelmente, um tanto menor) às horas de trabalho de pais que simplesmente saem de casa para ir, digamos, a um escritório, onde o trabalho também misterioso de "escritório" é, na imaginação das crianças, se elas estiverem interessadas em imaginar, realizado. Supõe-se que essas portas são portas erradas para bater. Sempre tive certa dificuldade em acreditar nessas memórias, não que alguém precise acreditar em memórias ou que as memórias estejam aí para que acreditemos nelas. Contudo, a porta parece uma óbvia tela de proteção. Mas proteção do quê?

Nunca fui filha de um escritor, nem uma escritora que teve um filho. (Ser uma escritora que teve uma bebê realmente não é como ser uma escritora que tem uma filha.) Mas certa vez eu estava cuidando de uma criança de três anos, minha sobrinha, enquanto não tinha escolha a não ser, pelo menos dentro do possível, trabalhar como escritora ao mesmo tempo. Era a primeira vez que eu publicava um conto numa revista grande, e tive que revisar as edições por telefone num horário específico, um horário que coincidiu com pegar minha sobrinha na escola e passar algumas horas com ela num Starbucks próximo, até que seus pais estivessem em casa — eu não tinha a chave do apartamento deles. Minha sobrinha era e é uma atípica criança fácil e flexível. Eu a levei ao Starbucks designado, embora a razão original para ir ao Starbucks, que era o acesso à internet (isso foi mais de uma década atrás), tenha se mostrado disfuncional naquela tarde. Independentemente disso, abri meu laptop e tentei atender à ligação editorial. Eles ligavam e depois eu ligava de volta, repetidas vezes. Minha sobrinha estava incomodada por eu não falar só com ela. Prometi que falaria com ela em breve. Continuei a falar no telefone com o editor. Em dado momento, entre uma ligação e outra, minha sobrinha me disse que queria ir ao banheiro, então a levei ao banheiro. Enquanto estávamos na cabine apertada, ela tirou o telefone do bolso do meu casaco e jogou na privada. O telefone não funcionou mais depois disso.

 É bom para as crianças quando seus pais têm escritórios fora de casa e não são vistos trabalhando, tomo nota para mim mesma hoje, no momento em que a puma chora enquanto eu falo, brevemente, no celular, numa ligação de trabalho.

EM FLAGSTAFF, UM

Estou do lado de fora com a franguinha, em frente à casa acintosamente boa que alugamos em Flagstaff, no Arizona. A casa alugada é um conjunto de contêineres protegidos por uma pintura ecológica adequada, com orientação correta para o sol etc., e na calçada ao longe vejo uma mulher se aproximando com suas duas filhas pequenas, que estão vestidas adoravelmente. Há também um homem, alguns passos atrás dela, carregando uma caixa de papelão aberta com produtos enlatados e em caixas. O homem acena de muito longe, de alguma forma cedo demais, e de um jeito familiar demais. É estranho. Faz com que ele pareça bêbado ou chapado. Aceno de volta. Pouco tempo depois, a mulher também acena, bem como suas filhas, que chegam mais perto e abordam a franguinha com interesse; a franguinha fica tímida com elas. A menina mais velha se ajoelha para ficar no nível da franguinha; ela pergunta para a mãe se pode dar à garotinha uma das suas balas de ursinho; a mãe me diz que as balas são orgânicas; a franguinha não pega a bala de ursinho e a mãe diz às filhas para não se preocuparem com isso, nem todo mundo gosta de balas de ursinho. As garotas se chamam Kaysia e Shalia, a mãe diz, elas têm três e sete anos. O homem está parado a alguns metros de distância, exibindo um largo sorriso. A mãe pergunta se moro ali perto e eu respondo que não, e então pergunto se ela mora ali perto e ela responde que é complicado. As filhas, com a franguinha, afastaram-se cerca de dez metros, até a garagem da nossa casa alugada, e a mulher começa a me explicar que, embora tenha nascido na Pensilvânia, foi sequestrada pela sua mãe quando tinha onze meses. Depois disso eles moraram no Canadá, no México e finalmente em Los Angeles, até que, quando ela tinha três anos e meio, foram encontrados pelas autoridades. "Meu irmão pensou que meu pai fosse um fantasma", ela me contou, rindo. Então eles voltaram para a Pensilvânia, foram morar com o pai. Sua mãe estava presa na Pensilvânia, então eles podiam visitá-la. Eu não soube o que dizer. Perguntei à mulher como estavam as coisas agora com seus pais, ela se dava bem com eles? Ela disse que no ano passado seu pai havia morrido e que sua mãe está em Phoenix, morrendo de câncer, está cuidando dela, tem sido um ano difícil; disse que o pai da sua filha mais nova a estava processando no tribunal, pedindo 10 mil dólares que ela não tinha condições de pagar, ainda é uma estudante universitária, está estudando para ser professora de matemática, ela ama matemática, sempre amou, mora em Phoenix agora, não aqui, ela só está em Flagstaff para visitar um velho amigo, Ray; nisso ela gesticulou para o homem com a caixa, que ainda estava parado a alguns metros de distância. Ele continuava sorrindo e sem se aproximar. A mãe é uma mulher estranhamente bonita. Por algum motivo seguimos paradas ali, juntas. A equação química entre nós parece estar errada, como se os átomos fossem se transformar de um lado para o outro, porque essa é a lei. Precisa haver equilíbrio. Ela ainda está falando e falando. Então escuto minha filha chorar. Ela está deitada de barriga para cima no chão da garagem. As duas garotas olham para sua mãe e para mim. A menina mais velha diz: A gente estava tentando ajudar ela a ficar de pé de novo e foi quando ela caiu.

EM FLAGSTAFF, DOIS

O oviráptor é um dos menores dinossauros terópodes da Mongólia. Seu nome quer dizer, mais ou menos, "ladrão de ovos". Acontece que esse nome é injusto. O primeiro fóssil de oviráptor foi descoberto próximo a um ninho, que é de onde vem o nome. Mas anos depois foi decidido que o oviráptor provavelmente estava próximo ao seu próprio ninho quando morreu, que os ovos no ninho eram provavelmente seus próprios ovos.

Aprendi isso numa etiqueta de um modelo do fóssil do oviráptor original, numa loja de museu chamada Museum Gift Shop Information, localizada do lado de fora da Floresta Nacional Petrificada. A loja tinha pedras, fósseis, canecas, mocassins, chaveiros, quartzo polido, quartzo não polido, cobertores estilo navajo por dez dólares e cobertores estilo navajo por quatrocentos dólares — eram cerca de quatrocentos metros quadrados de espaço físico organizado como se fosse o sótão de um geólogo nostálgico. Nós éramos os únicos clientes lá dentro, num dia claro e ensolarado. Havia duas pessoas trabalhando, uma mulher muito magra usando uma peruca loira volumosa e um homem jovem que parecia ser filho dela e conferiu minha carteira de motorista para ver se batia com meu cartão de crédito por um período bastante longo. Apesar de termos ido ali buscar um mapa, compramos um par de mocassins vermelhos infantis. Ao perguntarmos quanto tempo levava a viagem pela Floresta Petrificada e pelo Deserto Pintado, a mulher magra diz que não devemos deixar de consultar o balcão de informações, o oficial, que fica dentro do parque. Muitas pessoas acham que *este* é o estande de informações, porque nós temos a palavra "informação" em nosso telhado, mas o estande de informações é somente lá dentro, e lá vocês encontram um mapa.

NOVA VARIANTE DE DEPRESSÃO

É verdade quando dizem que um bebê dá a você uma razão para viver. Mas um bebê é também uma razão pela qual não é permitido morrer. Há dias em que sentir isso não é bom.

UM BEBÊ É UM VETOR IDEAL PARA UMA TRAMA DE VINGANÇA

Em certo sentido, *O conto de Genji* não possui uma trama. Genji nasce, então acontece isso e aquilo e ele fica velho e morre, e outras pessoas continuam vivendo suas vidas, nas quais mais isso e mais aquilo acontece.

Mas, por outro lado, Genji tem uma trama perfeitamente circunscrita: ela descreve um tríptico simples com a inevitável ambiguidade da paternidade e seus desdobramentos. Genji nasceu da mais amada consorte do imperador, mas ela morre logo depois do seu nascimento; como ela tinha um status inferior, seu filho Genji também tinha o problemático status inferior. Mas o imperador então se casa com uma mulher parecida com a falecida mãe de Genji, e mais tarde Genji tem um caso com essa madrasta, e ele e a madrasta então fingem que o filho resultante é do imperador. O filho acaba por se tornar imperador. Como imperador, ele garante status a Genji, seu pai verdadeiro. Genji, a essa altura, havia se casado com uma mulher que conheceu quando ela era jovem e a quem criou como se fosse sua filha. Mais tarde, a terceira mulher de Genji tem um filho com o sobrinho malvado de Genji e *eles* fingem que *essa* criança é filho de Genji. Essa criança, que se torna basicamente um homem malvado e medíocre, vive depois da morte de Genji como se fosse um filho de Genji.

Assim, dois protagonistas se apaixonam por pessoas que são essencialmente, se não biologicamente, seus filhos. E duas vezes a ambiguidade da paternidade possibilita uma mudança radical de poder: uma vez ela eleva Genji, através do seu filho secreto, e na outra ela o enfraquece, através do seu não filho secreto. Essa primeira guinada é uma vingança contra a herança, a segunda guinada é uma vingança contra essa vingança. É sábia uma criança que conhece o próprio pai, diz o ditado. E sábia a mãe que faz uso desse mistério. O romance termina no meio da frase e ninguém sabe realmente se as palavras finais são de Lady Murasaki ou se os últimos capítulos foram escritos não por ela, mas sim, depois da sua morte, por sua filha.

UMA ANSIEDADE MODERNA

A ambiguidade paterna é muito antiga. A ambiguidade materna é algo novo. Claro que os bebês podiam ser trocados, e histórias de crianças trocadas são úteis para entender crianças estranhas; mas, ainda assim, carregar um filho no corpo significava que até mesmo os pensamentos mais mágicos se amalgamavam à certeza materna. A fertilização in vitro alterou isso.

Ou pelo menos me peguei, quando a bebê tinha por volta de onze dias (e então por meses a fio), pensando com detalhes no seguinte problema: se eu descobrisse estar carregando a filha de outra pessoa, o que deveria fazer? (O médico me parecera um tipo apressado e descuidado.) O que constituiria um comportamento ético? Seria errado fugir pelo país com a bebê para podermos ficar juntas? Já estávamos tão apaixonadas — o amor já não era a própria validação? Se entregasse a bebê para a sua mãe "verdadeira", eu seria autorizada a manter contato com ela ou me pediriam para abandoná-la totalmente? Era tão óbvio qual a coisa certa a fazer, e tão óbvio, também, que eu não faria isso. Foi angustiante, embora eu também soubesse que uma postura diante de tal situação jamais me seria cobrada.

Alguém poderia argumentar que isso é uma antecipação das dificuldades futuras de permitir que uma criança cresça e vá embora. Ou que é evidente que, mesmo sem dormir o suficiente e sem tempo livre, certos tipos de mente vão encontrar caminhos em direção a um excesso de dilemas imateriais. Ou talvez eu só estivesse trabalhando minha incapacidade problemática de entregar minha filha a outro cuidador, mesmo que só por algumas horas.

EQUÍVOCOS QUE DISSERAM A ALGUÉM SOBRE COISAS IMPORTANTES QUANDO SE TEM UM BEBÊ

Fraldas. Trocá-las. Mamadeiras. Limpá-las. Cueiros. Banhos. Insônia. Sucrilhos. Todas essas coisas existem, mas elas surgem na consciência com a mesma frequência que a eletricidade do apartamento.

BEBÊS NA ARTE

Bebês na arte quase nunca se parecem com bebês na vida. Isso é especialmente verdadeiro no caso do Menino Jesus, mas também de bebês de modo mais abrangente, e é verdade até mesmo, talvez de maneira ainda mais perceptível, em pinturas e esculturas que são, apesar das representações estranhas de bebês, realistas. Com frequência, os bebês são retratados com as proporções de pequenos adultos: seus membros são relativamente mais longos do que os dos bebês de verdade e suas cabeças não são tão relativamente grandes como as cabeças dos bebês; na vida real, os bebês têm cabeças tão grandes e braços tão curtos que não conseguem estendê-los acima da cabeça. Mas é raro ver isso num museu. Também me foi dito que um grande problema ao longo dos séculos, para os artistas que retrataram o Menino Jesus, foi a questão do que fazer com relação ao pênis do Senhor.

Recentemente, todavia, a bebê e eu vimos diversas pinturas realistas de bebês. Uma delas era de Jan Steen, artista do século XVII, mais conhecido por suas pinturas de um cotidiano bagunçado e caótico — o cotidiano como ele realmente é, alguém poderia dizer. Também vimos a pintura de Jan de Bray intitulada *The Adoration of the Shepards*, que retrata um Menino Jesus parecido com uma criança real; *Adoration* foi disposta perto de *Still Life with Strawberries*, de Adriaen Coorte. Todas as pinturas estavam na mesma sala, que tinha como ponto focal da galeria uma pintura enorme de uma vaca, de Paulus Potter. Tinha sido radical na época, observava a nota na plaquinha da galeria, uma simples vaca ser tema de um retrato tão atento.

Então houve um momento, na pintura holandesa, em que o problema de como retratar bebês foi resolvido permitindo que eles aparecessem como de fato são. Mas acho que descobri uma representação mais predominante e duradoura dos bebês, embora não tenha sido em retratos dos bebês em si, mas em representações da Virgem Maria. Com frequência me perguntei sobre a inclinação característica da cabeça de Maria em tantas pinturas e esculturas. É uma inclinação muito particular, e reconhecível, e você a encontra de novo e de novo através do tempo e da geografia. A inclinação quase sempre coincide com Maria segurando, mas não necessariamente olhando para, o Menino Jesus. Na iconografia, suponho, a inclinação tem seu próprio significado prescritivo. Mas é uma explicação insuficiente da inclinação, de por que surgiu e por que faz sentido. Não é uma inclinação que observei nas mulheres na vida real. Mas depois que segurei minha bebezinha de novo e de novo e de novo e de novo e de novo, reconheci de forma clara o ângulo da inclinação na cabeça de Maria; é a inclinação da cabeça dos bebês que estão começando a desenvolver a força dos músculos do pescoço. Quando seguro minha bebê, ela mantém a cabeça exatamente nesse ângulo.

VIDEO-GAMES

Você adora tocar em metais, correr sobre as grades do metrô, as portas de subsolo existentes nas calçadas, as tampas de bueiro... você fica muito frustrada se não tiver a oportunidade de correr sobre esses metais. Agora entendo Donkey Kong.

LARANJA

Quando a puma tinha em torno de quatro meses e estava saindo do estado felino e tinha se encaminhado para o estado de bicho-preguiça, já fazia frio com regularidade suficiente lá fora para ela poder andar por aí num macacão de neve de corpo inteiro, fofo e laranja brilhante. Ela parecia especialmente vulnerável e magnífica dentro dele. O macacão de neve tinha sido um presente, comprado numa loja on-line especializada em coisas para bebês; o site da loja tinha também, como sua principal cor de propaganda, o mesmo laranja, de uma variedade que alguém poderia descrever como laranja-de-segurança ou laranja-de-equipamento-contra-avalanches. A maioria dos itens do site estava disponível em rosa, azul e também laranja, ou, algumas vezes, apenas em laranja.

Por ora, fiquemos no macacão de neve. No elevador, uma mulher brincou que queria trocar de roupas com a bebê. No encontro com um editor, ele falou sobre o macacão de neve: que marca é, eles também fazem casacos para adultos? O casaco suscitava comentários positivos numa proporção compatível com os outros sobre a própria bebê, que tinha acabado de começar a sorrir. Na verdade, sendo bem sincera, havia mais comentários sobre o casaco do que sobre a bebê. Eu mesma achava o casaco/macacão de neve incrivelmente lindo, confesso, embora não adore a cor laranja em especial, mas de algum jeito, no caso do casaco/macacão de neve, o que mais atraía era especificamente o laranja. Parecia um talismã. Por que em certo ano nos sentimos atraídos pelo laranja-segurança, no outro ano pelo verde-esmeralda, e no outro pelo cinza-urze sem dúvida é algo difícil de desvendar. Mas em algumas situações a influência pode ser rastreada de modo convincente: por exemplo, atribuo a breve tendência do esmeralda, há alguns anos, a uma série de camisetas da Cornell que diziam, em letras brancas contrastantes, *Ithaca is Gorges*; elas brilhavam suavemente pela cidade, outros itens esmeralda a sucederam; depois o verde desapareceu. O retorno breve, certa primavera, de camisetas mais curtas na frente do que atrás sucederam o lançamento de uma biografia de Diane Keaton que incluía uma foto dela com uma camiseta assim; esse corte de camiseta fora de moda voltou por alguns meses e então, como uma flor do deserto, saiu de cena e não foi visto de novo por décadas.

A cor do berço da bebê, por acaso, também era um laranja forte como seu macacão de neve. Foi a "cor de estreia" — a primeira coisa que não era marrom, branca ou cinza — para o "miniberço Alma Urban" que foi comprado para ela e disposto contra a parede azul-escura do quarto dos seus pais. Assim como ocorreu com o macacão de neve, os visitantes, um atrás do outro, comentavam sobre o berço. Diziam que era tão lindo. Também eram cor de laranja, sem qualquer afinidade (ou desafinidade) particular com o laranja por parte da mãe (ou do pai) da bebê, as tampas das suas mamadeiras, assim como os enfeites das toalhinhas e toalhas de banho. O mesmo laranja na raposinha de pelúcia. A bebê tinha uma colher de plástico laranja, no mixer de fazer a comida dela havia uma tampa cor de laranja, e tínhamos um utensílio laranja para levantar a cesta de alimentos cozidos no vapor com segurança. Todos esses itens foram comprados sem pensar muito, apenas na busca por algo "sem frescura". Então reparei que o mesmo laranja era a cor de destaque do macacão listrado azul e branco que ela ganhara ao nascer e que estava quase ficando curto demais, e o mesmo laranja aparecia na capinha do iPhone 4 sem Siri que a mãe dela tinha comprado pós-Siri por 69,95 dólares, para em seguida, sem pensar, depois de quebrar a tela no primeiro dia de posse, escolher o laranja como a cor de destaque do "protetor". Por fim, começou a ficar difícil não se incomodar com o quão bonitos e alaranjados os objetos da bebê eram. Ao mesmo tempo, era difícil não querer cercar a bebê com esses objetos que tinham sido considerados legais pelo meu nicho do *zeitgeist*. Como se a cultura do gosto pudesse manter a bebê segura. Em alguns casos, poderia: as pessoas reconheceriam subconscientemente que a bebê pertencia a uma classe de pessoas com acesso fácil a coisas boas, então elas subconscientemente continuariam a providenciar coisas boas para ela, como trabalhos interessantes, oportunidades de aprendizado e pretendentes atraentes, isso pareceria um direito de nascença natural da bebê, embora, é claro, fosse uma ilusão. Algo assim. Era uma norma perversa, mas, repito, uma dessas normas que era difícil alguém não querer que agisse a favor, e não contra, a própria filha. Acho que já dá para ver aonde isso vai chegar, mas sinto que ainda é insuficiente para entender a quantidade de laranja que aparecia na casa, e com quanto entusiasmo e aprovação esses objetos laranja foram recebidos pelas pessoas bem-educadas e afortunadas que se depararam com eles. (Minha mãe, é digno de nota, não se encantou com nenhuma dessas coisas.) Num primeiro momento, atribuí a predominância do laranja sobretudo ao fenômeno da cor de gênero neutro que se espalhava entre a burguesia boêmia do Brooklyn, a cuja cultura do gosto eu aparentemente pertencia, embora quisesse me manter no lado contrário (um sentimento também comum nesse grupo). Laranja era "moderno", "clean" e "alternativo". A certa altura, eu estava prestes a fazer o pedido de um conjunto básico de babadores para bebê e então decidi não fazê-lo, porque o laranja começava a dar a impressão de ser ditatorial — os babadores básicos têm detalhes em laranja! — e mais insidioso em sua ditadura do que todos os objetos rosa com motivos da Disney vendidos na BuyBuy Baby e na Babies R Us, todos aqueles objetos de "mau gosto" que fui treinada para tratar com desconfiança.

Alguns dias depois de não comprar os babadores modernos e clean, trouxe a bebê vestida com o macacão de neve para minha instituição de emprego ocasional e, como acontece com frequência, seu macacão de neve — e também ela, embora estivesse ainda tão quietinha, e acho que seus olhos cinza evocavam para os estranhos algo como a tela de um dispositivo cuja senha ainda não foi descoberta ou um dispositivo no qual eles simplesmente não estão interessados, um modelo ultrapassado — suscitou comentários, e alguém disse, como muitos outros disseram: Nossa, eu adoraria ter um casaco assim. A essa altura eu já tinha desenvolvido um reflexo de desconforto, de tanto que as pessoas gostavam do macacão de neve, embora eu não soubesse por quê, e respondi com meu comentário genérico sobre o casaco ser laranja-avalanche ou laranja-gorro-de-caça, e então uma terceira pessoa disse, Não, não, é laranja Guantánamo. Todo mundo riu. Era uma piada. Mas em questão de segundos, o comentário-piada soou imediata e absolutamente verdadeiro, mais verdadeiro do que talvez tenha sido a intenção da pessoa que o proferiu. A moda da primavera de 2014 também havia noticiado que o "laranja é o novo preto", uma tendência muitas vezes atribuída ao seriado televisivo de mesmo nome, *Orange is the new black*. E o *timing* do marketing do objeto de bebê laranja, laranja como a cor de destaque ideal, laranja como a nova cor adicionada a uma linha de tintas residenciais assinadas por designers, serviu perfeitamente ao enredo, surgindo logo em seguida à ampla circulação de fotos de detentos em Guantánamo. E essas imagens, em vez de serem simplesmente restringidas, evitadas ou discutidas, foram emocionalmente purificadas à vista de todos, de modo que qualquer visão nítida de um excesso radical do poder americano ficou escondida justamente por estar à vista de todos, entre o que coletivamente consideramos mais inocente e doce (bebês) ou mais supérfluo, uma curta temporada de moda, uma bobagem. Numa outra tarde, vejo o mesmo laranja sendo usado nos detalhes da decoração de uma bela confeitaria que inaugurou. E a nova e prestigiada escola pública de ensino médio que está sendo construída a cinco quadras daqui tem a cor laranja na moldura das janelas: a cor de destaque dá ao prédio um visual limpo e moderno.

MAIS BEBÊS NA ARTE

Quando a bebê era bem pequena, estava ainda no que ouvi com frequência ser denominado de "quarto trimestre", um parente de fora da cidade veio visitá-la, e também visitar Nova York, e então uma tarde a bebê foi enfiada no sling e transportada dessa maneira até uma exposição do Magritte, no Museu de Arte Moderna de Nova York. O sling da bebê consistia em duas voltas de tecido preto, um aninhado no outro, e a bebê ainda era tão pequena que os pés dela não saíam para fora, nada dela aparecia, exceto sua careca e, às vezes, uma mãozinha minúscula segurando a borda do tecido. As pinturas na exposição de Magritte incluíam: homens cujas cabeças haviam sido substituídas por maçãs, uma compilação de pernas sem corpos, uma íris que era um céu nublado. O estilo de imagens de Magritte, naturalmente. O objetivo declarado de Magritte, dizia a plaquinha do museu, era fazer "objetos do cotidiano gritarem alto". Numa sala de exibição atrás da outra, algum estranho avistava a cabeça calva e a mãozinha flutuando em meio a um manto de sling e capa de chuva.

Um a um, esses estranhos comentaram sobre a performance artística involuntária da bebê: "Essa é minha obra favorita na exposição".

ÀS VEZES PODE PARECER QUE AS HORAS COM UM BEBÊ NÃO PASSAM

Se você descobrisse que pode se comunicar com um chimpanzé, abriria mão disso? Ou passaria quase todas as suas horas com as outras espécies?

PERIGO ESTRANHO

Algumas mulheres e estudos relataram a mim, ou a alguns pesquisadores, que durante a gravidez elas desenvolvem, junto à aversão a alfaces um pouco maduras, um medo maior de estranhos. Mas medo de estranhos é, em alguns casos, um eufemismo. Uma mulher me confessou que sentiu algo que nunca havia sentido antes, uma ansiedade que surgia à noite quando ela avistava, especificamente, um homem negro na rua. Ela ficou horrorizada com seus próprios sentimentos. Como ela mesma tinha namorado um homem negro por nove anos, conforme relatou, era de se pensar que qualquer sentimento primitivo com relação a pessoas de pele escura teria sido eliminado. Mas não. Aqui estava ela, uma professora que tinha feito estudos de campo sozinha em diversos países da África Central, entrevistando pessoas sobre como elas se envolveram na violência política, e recebendo visitas regulares e nada amigáveis da polícia local, e enquanto enfrentava tudo isso ela nunca tinha ficado ansiosa, e agora, aqui, sozinha na Amsterdam Avenue, numa Nova York com o menor índice de criminalidade em anos, ela se preocupava. No entanto, logo que o bebê nasceu, ela ficou novamente "curada".

COMO A PUMA AFETA OS OUTROS, TRÊS

Caminhando com a puma, em especial quando ela era bem pequena, descobri que os jovens negros que usam o cantinho da percussão no meu prédio me davam bom dia e cumprimentavam a bebê; e que os homens que trabalham no restaurante paquistanês perto da minha quadra falavam com a bebê e comigo; e que o homem iemenita da delicatessen nunca deixava de perguntar pela bebê; e que na fila da imigração quando cheguei à Índia um homem acompanhou a mim e a bebê até a fila dos diplomatas e disse: É assim que tratamos uma mãe na Índia; e numa estação de trem internacional na Etiópia, um etíope desviou do seu caminho para levar a mim e a bebê até a plataforma correta quando lhe pedi indicações; e no metrô os operários da construção civil em cujos ombros a bebê dava tapinhas pedindo atenção também brincavam com ela; e quase todas as mulheres, em todos os lugares, sorriam para a bebê. Houve apenas um grupo, bastante localizável em termos demográficos, para quem a bebê — e eu mesma com a bebê — de repente ficou invisível, e esse era um grupo com o qual eu me sinto particularmente confortável: o homem jovem, branco, bem empregado e culturalmente letrado. Não há nada louvável ou deplorável, por si só, em gostar ou não gostar de bebês, ou de mulheres com bebês: é o que é. E encontrei exceções em todas as categorias. Mas quando você cruza com centenas de pessoas por dia, durante anos, sem uma bebê, e depois cruza com centenas de pessoas por dia, por meses e meses, com uma bebê, você sente que deslizou para outra categoria ou que se tornou Pré-Cambriana, ou talvez, mais precisamente, que você contribui de alguma forma para o próximo estrato geológico (ou ambos ao mesmo tempo), e começa a imaginar o que formou cada camada geológica, e qual era a camada geológica em que estava antes, e qual é a camada geológica em que está agora, e como é que cada camada individual parecia, quando você estava nela, ser *tudo*. Será que um meteoro caiu, ou o clima mudou abruptamente, ou uma série de vulcões entrou em erupção? Concluo que a bebê é como uma pequena catástrofe climática, ou, por pura sorte, uma redenção, e que todas as pessoas que podem ter a menor esperança de que uma transformação poderia resultar numa pequena melhora da sua vida na Terra se sentem de determinada maneira diante da esplendorosa catástrofe/redenção das crianças, enquanto outro grupo de pessoas que não têm, grosso modo, nenhum outro lugar para ir a não ser para baixo, por mais que isso se dê num nível subconsciente, não importa o quanto elas possam *querer* ser conscientemente rebaixadas, também não querem ser rebaixadas, e é por isso que seu encontro com o esplendor das crianças carrega, de forma inevitável, uma mensagem indesejada acerca do fim do seu próprio esplendor, por mais real ou parco que ele seja, e então elas simplesmente evitam perceber essa possibilidade.

A MAIORIA DAS GRANDES ESCRITORAS DO SÉCULO XX

A maioria das grandes escritoras do século XX que escreveu ou escreve em inglês estava ou está escrevendo a partir da Inglaterra. Ou da comunidade inglesa. Pouquíssimas escrevem dos Estados Unidos. Além disso, a maioria dos adorados romances policiais vêm da Inglaterra. Uma mulher que conheço, que hoje escreve romances policiais, com mistérios que se passam na Arábia Saudita e com frequência envolvem uma patologista, me disse, depois que vendeu seu primeiro livro policial, que o que mais a entusiasmou foi tê-lo vendido para a Inglaterra, onde é muito raro que eles comprem policiais escritos por estadunidenses, pois já são muito bem abastecidos por sua própria conta. Por que os ingleses são tão atraídos por mistérios? Uma vez li em algum lugar — com todos os diagramas e tabelas organizados como uma cavalaria — que o surgimento do gênero policial na Inglaterra, sobretudo depois da Revolução Industrial, coincidiu com o crescimento da ansiedade relacionada à mobilidade social. O argumento pontuou, entre outras coisas, que os vilões nas histórias de Sherlock Holmes quase invariavelmente vêm de classes mais baixas, que Moriarty (arqui-inimigo de Holmes) tem um evidente nome irlandês, e que há algo muito reconfortante em apontar um único criminoso, em ser capaz de falar de uma sensação de mal que em geral só nos ronda: Aqui está a fonte, nós a encontramos. No mesmo texto também se observa que a era de ouro dos romances de detetive na Inglaterra foi logo depois da Primeira Guerra, e que a era de ouro dos romances de detetive no Japão foi logo depois da Segunda Guerra Mundial. Na maioria das vezes, o arco narrativo dos romances era um homicídio, ou uma pequena série de homicídios. Faz sentido emocionalmente que, entre milhões de mortes sem mistério de compatriotas, seja reconfortante focar no mistério de uma ou duas. A teoria pode não ficar em pé, mas é pelo menos forte o bastante para não desmoronar por completo. O primeiro romance de Penelope Fitzgerald, *The Golden Child*, era um mistério de assassinato que se passava num museu, escrito para entreter o marido dela que estava à beira da morte. O terceiro romance de Muriel Spark, *Memento Mori*, era também um tipo de mistério de assassinato: uma série de ligações anônimas para um círculo de pessoas mais velhas que diziam simplesmente "Lembre-se de que você deve morrer", o que acontece com quase todos eles, é claro, já que eram todos velhos, assassinados pelo tempo.

MULHERES ESCRITORAS

Muitas vezes, na década passada ou até antes, quis escrever algo sobre "mulheres escritoras", seja lá o que isso queira dizer (e seja lá o que esse "sobre" signifique), mas as palavras "mulheres escritoras" parecem já carregar sua própria derrogação (um pouco como a palavra "ronin") e sempre as achei um pouco nauseantes, de um jeito que me lembram daquela cópia elegante e inocente de *Mulherzinhas* que recebi de presente quando era criança, mas não suportava olhar para ela nem jogá-la fora. O que vou dizer? Que essa ou aquela escritora não era Virginia Woolf, mas era similar a ela porque era mulher? Que um dos meus romances contemporâneos favoritos, que calhou de ser também escrito por uma mulher, era *O último samurai*, de Helen DeWitt, e que uma das coisas que gosto nele é que é preciso avançar muito na leitura da parte central antes de reconhecer que o gênero da narradora é feminino, e muitas páginas mais até perceber que a narradora daquela parte é uma mãe, na verdade uma mãe solo, que está tentando se destacar como acadêmica e que tenta resolver o problema de apresentar um modelo masculino ao seu filho fazendo-o assistir muitas vezes a *Os sete samurais*, de Akira Kurosawa, um plano ridículo mas compreensível, e que então a maior parte do livro transcorre com o filho tentando resolver o mistério da sua paternidade ao investigar um pai em potencial atrás do outro? Também me pareceu relevante que esse livro prolixo e brilhante de fato tenha vendido muitas cópias apenas por causa do motivo aleatório — e tenho muita certeza disso, apesar de só deduzir — de que um filme com o Tom Cruise que tinha o mesmo título saiu na mesma época do livro. Eu tinha tantos pequenos argumentos como esse que pareciam apontar para... não sabia para onde eles apontavam. Eu tinha um forte sentimento de que não conseguia ver a situação contemporânea, e decidi que isso acontecia porque o conhecimento de primeira mão é um obstáculo para o insight. E quanto aos outros argumentos? Havia aquelas americanas *noir* esquecidas como Evelyn Piper de *Bunny Lake Is Missing*, Dorothy Hughes de *In a Lonely Place*, Vera Caspary de *Laura* (e trinta e oito outros romances), e Patricia Highsmith, menos esquecida, com suas traições aterrorizantes uma atrás da outra, e essas esquisitices, e sua obscuridade estranha, pareciam se agrupar ao redor de... algo. Assim como o fato de a Imprensa Feminista ter reeditado muitos desses livros, que de outra forma estariam fora de catálogo e eu não os teria encontrado, exceto pela sua colocação em algumas mesinhas de saldos. (Também senti que *Garota exemplar* tirou a maior parte do enredo de

The Man Who Loved His Wife, de Caspary.) Para quê tanto crime? Para quê tantos mistérios? Por que minha cópia de *The Collected Works of Jane Bowles* é parte da série de grandes obras fora de catálogo? A mesma coisa era verdade no caso da minha cópia de *Mrs. Caliban*, de Rachel Ingalls, um romance perfeito sobre uma dona de casa negligenciada, apaixonada por um homem-lagarto gigante e fugitivo.

E também havia o fato de que a ficção policial contemporânea vinda do Japão é escrita majoritariamente por mulheres, e que quando eu quis escrever um perfil da escritora japonesa Natsuo Kirino, a autora do best-seller *Out*— sobre quatro mulheres que trabalham numa fábrica de marmitas e se envolvem numa série de assassinatos de homens que elas têm que descartar, cortando-os como sushi —, me disseram que ela era muito reservada, não dava entrevistas, e que a publicação do seu próximo livro em inglês havia sido cancelada porque era muito difícil de trabalhar com ela. Eu estava apaixonada por uma história de Kono Taeko chamada "Toddler Hunting", sobre uma mulher que não poupa esforços para comprar blusas lindas para os meninos pequenos de outras pessoas, para então assistir obsessivamente enquanto eles vestem e tiram as blusas com dificuldade. Eu tinha em mente, inclusive, uma lista de escritores homens que penso serem de alguma forma "femininos" nas páginas — Walser, Kafka, Kleist, por algum motivo todos de língua alemã —, o que me fez perceber que talvez apenas me referisse a escritores de que eu realmente gostava, de uma forma que tinha algo a ver com o volume de certos tipos de silêncio. Eu queria alinhar todos esses cacarecos, dificuldades, grupos e.... mas, no fim, todo o alinhamento dessas quase-coisas me fez pensar numa das passagens mais assustadoramente ridículas de *Tristes trópicos*, de Claude Lévi-Strauss, na qual ele atribui o erro de Cristóvão Colombo de confundir lulas com sereias a um "erro de gosto". "Isso foi antes de as pessoas verem as coisas como pertencendo a um todo", ele esclarece. Eu precisava me desapegar das "mulheres escritoras". É melhor apenas deixar as coisas se acumularem, como a ferrugem nos tonéis das destilarias de rum que Lévi-Strauss visita em outro capítulo; tonéis enferrujados fazem rum muito melhor, ele diz, e acho que confio nele.

Perto do fim de *Life Among the Savages*, de Shirley Jackson — uma escritora mais lembrada por seu conto sobre um grupo civil de pessoas que apedrejam até a morte seus concidadãos —, a narradora está esperando seu quarto filho; seus filhos e marido perguntam diariamente pelo bebê que ainda não nasceu; a narradora tenta dar uma trégua no assunto. "Levei meu café à sala de jantar e me sentei com o jornal da manhã. Uma mulher em Nova York tinha tido gêmeos num táxi. Uma mulher em Ohio tinha acabado de ter seu décimo sétimo filho. Uma menina de doze anos no México tinha dado à luz a um menino de seis quilos. O artigo principal na página da mulher era sobre como adaptar o filho mais velho ao novo bebê. Por fim, encontrei um relato de um assassinato com machado na página 17 e segurei minha xícara de café perto do rosto para ver se o vapor me reanimava."

Por muitos anos, Shirley Jackson foi praticamente a única "escritora mulher" que eu li. Então, por volta dos vinte e cinco anos, tive a brusca experiência de olhar para as minhas estantes de livros e perceber que as referidas estantes eram preenchidas quase exclusivamente com livros de homens. E tudo bem, eu não ia ficar com raiva disso, amava aqueles livros que tinha lido. Mas fiquei inquieta, já que ou minhas estantes significavam que não havia bons livros escritos por mulheres, ou que eu, de alguma forma, os tinha evitado no meu percurso de leituras. Eu nunca tive minha fase Jane Austen, ou a fase Edith Wharton, ou até mesmo a fase George Eliot; eu associava essas escritoras com a puberdade, ou com "cortejo", duas coisas que me repeliam. (Sei que era idiota me sentir dessa maneira.) Mas, como disse, não ia ficar com raiva de mim mesma ou do mundo. Mas por onde começar? Cheguei a um livro de alguém chamado Denis Johnson. (Eu não convivia com pessoas ligadas a livros.) Pensei que Sim, eu tinha certeza de que tinha ouvido que essa Denis — estava imaginando uma mulher francesa ou talvez uma franco-canadense — era muito boa. Não havia foto da autora no livro. O primeiro livro de Denis Johnson que li se chamava *The Name of the World*, uma espécie de reescrita de um romance de Bernhard; é centrado num homem que vai ver a mesma pintura no museu todos os dias, e depois de um tempo o leitor descobre que a esposa e o filho do homem morreram num acidente de carro. Gostei do livro, embora ao terminá-lo tenha me pegado refletindo que era surpreendente que aquele livro em particular fosse de uma mulher, mas rejeitei esse pensamento, porque é sempre tão desagradável — tão detestável! — pensar sobre o gênero de quem escreveu um livro — idealmente não deveria ser qualquer um? Talvez tenha sido autodefesa típica, ou autoaversão, o que me impedira de ler livros de mulheres. O único livro de "garotas" que chegou até mim — também um presente, da mãe da minha melhor amiga de infância — foi *Anne de Green Gables*, aquele livro que é misteriosamente tão amado no Japão que há voos diretos de Tóquio para a Ilha do Príncipe Eduardo, a pequena mancha verde de onde vem a ruiva fictícia.

Em tempo: continuei procurando, desajeitadamente, livros de mulheres. (*O livro do travesseiro* e *O conto de Genji* foram encontrados nessa pesquisa embaraçosa.) Quando descobri o quão brilhantes eram os romances de Muriel Spark — a maioria deles estava fora de catálogo quando os encontrei —, senti um pouquinho de fúria — uma emoção que quase sempre nego a mim mesma —, mas foi só isso. (O nome do meio da minha filha é Spark [faísca].) E ainda assim nunca invejei os homens pelo seu lugar literário, e ainda não invejo, e nunca invejei muito os homens em qualquer coisa, nunca... até muito recentemente. Agora eu invejo os homens, mas apenas por uma coisa. Qual coisa? É verdade que no momento a bebê está batendo uma pequena tábua de madeira contra o chão, que a tábua antes estava coberta por pedacinhos de damasco que eu tinha fatiado para ela, que ela havia sentado em cima de alguns pedacinhos e os esmagado no chão, ela tem manifestado um prolongado interesse pela minha carteira, segurou o cartão de pontos de desconto do supermercado diante dos olhos e depois o enfiou na boca, depois o segurou diante dos olhos outra vez, ela ainda não aprendeu a engatinhar mas consegue se arrastar pelo chão até a beira de um lance de escadas que espero impedi-la de explorar a fundo, ela juntou felpas do tapete aqui dessa casa alugada que na imaginação deveria ter sido uma luxuosa versão de *Um teto todo seu*, ela andava interessada em pôr a mão dentro da minha boca, e não andava interessada em ficar deitada, agora ela está tentando se erguer acima de uma beirada e se encurralou numa posição da qual percebeu que não há saída e que portanto requer resgate por parte do ser grande (eu) que está sempre com ela, depois ela precisa de resgate simplesmente por estar de bruços, então em alguns breves momentos entre essas atividades tenho um terço de um pensamento associativo sobre aquele conto "Pregnancy Diary", de Yoko Ogawa, no qual a irmã de uma mulher está grávida e sentindo muito enjoo, e a narradora começa a fazer geleia de toranja para a irmã enjoada e a irmã adora isso, é a única coisa que ela tolera comer, e aí a narradora segue fazendo isso mesmo que tenha lido um aviso na loja de conveniência de que a toranja não era segura, e por isso ela acredita que prejudicou o bebê... mas na verdade não estou chateada o bastante por não conseguir pensar, e então a bebê adormece. Ela dorme de barriga para cima, levemente jogada para o lado, com os dois braços na mesma direção, como se estivesse num barco que não consigo ver. Sua respiração, neste momento, a faz brilhar como um amuleto. Eu estava falando sobre inveja de gênero. A única coisa que eu invejo. Os primeiros pensamentos invejosos com relação a gênero que tive em toda a minha vida talvez tenham começado não imediatamente depois da chegada da puma ao meu apartamento, mas logo depois, quando a puma passava muito tempo girando um biscoito de madeira preso numa vara, ou talvez um pouco depois disso, quando a levei para o seu primeiro mergulho numa piscina e ela não fez uma reclamação mesmo quando começou a chover. O pensamento invejoso foi simplesmente que um homem pode ter um bebê sobre o qual seu par romântico não tem conhecimento algum. Esse é um pensamento maluco, claro, mas me pego sentindo-o com tanta sinceridade que sou incapaz de ver seus contornos. Esse pensamento parece descender de um outro que tive enquanto esperava engravidar, que era imaginar uma mulher que estava grávida de gêmeos mas não tinha coragem de confessar ao seu parceiro, pois ela acreditava que ele ficaria devastado com a notícia, então ela imagina planos para encontrar algum motivo "histérico" para não querer o parceiro ali presente na hora do parto, e depois? O que ela irá fazer com a segunda criança? Criá-la em segredo? Eu sabia que não teria um segundo filho. E ainda que eu, é claro, me sentisse péssima por aquele filho secreto de Arnold Schwarzenegger que — estou supondo isso, me recuso a pesquisar a miséria dos outros — cresceu por anos sem saber quem era seu pai verdadeiro, ou sabendo que ele teria que manter segredo sobre quem era seu pai verdadeiro —, ainda assim eu invejava Schwarzenegger. Já havia considerado invejar os homens antes — finjo invejar coisas como sua maior incidência de confiança injustificada e monomania, mas realmente não invejo essas coisas e não tenho nem certeza se acredito nelas —, mas isso, a coisa do bebê escondido, essa foi a primeira coisa real.

BEBÊS MENINAS E HOMENS

Até mais ou menos meus trinta anos, eu tinha uma forte preferência por homens em vez de mulheres. Quero dizer especificamente como amigos, como pessoas para conversar. Se um homem e uma mulher exatamente iguais entrassem numa sala, nas minhas percepções deformadas o homem era exaltado até a glória. Foi só quando essa preferência primitiva começou a se extinguir, por uma razão qualquer, que passei a me incomodar com o fato de ela ter existido em primeiro lugar. Não culpei minha mãe por esse atributo, mas senti que o herdei dela. Apesar de eu ter uma mãe que é extremamente inteligente, capaz e generosa, ainda cresci com a sensação de que sempre é mais legal estar entre os homens, e concluí que isso talvez remontasse ao fato de o pai da minha mãe ter morrido antes de ela nascer, levando a mãe dela a viver sozinha, com duas meninas, na casa dos sogros, sem que nenhum outro homem viesse ocupar o lugar dele, e essa atmosfera de estar faltando um homem em qualquer cômodo da casa parecia ter sido passada para mim, e depois, quando meu pai também se foi de repente, essa atmosfera pesou ainda mais... até que se dissipou. Ou pelo menos se dissipou para mim. Teria se dissipado para minha mãe? Quando vi como ela se apaixonou totalmente pela puma, senti que nós duas tínhamos nos apaixonado por uma garota de uma maneira saudável e sem precedentes. Minha mãe recentemente me enviou uma mensagem que dizia: "Adoro os canais entre 210-223. Ótimas informações/visões de mundo. Eles acabaram de dizer que o marido da Chelsea dirige um fundo multimercado que perdeu 40% desde que ele apostou errado com a crise do euro, então passaram a falar mal dele — criam um emprego para ele e despejam dinheiro nisso, já que a Chelsea foi incapaz de conseguir um marido melhor". Seria essa minha antiga mãe (e eu mesma)? Logo depois, minha mãe continuou com a seguinte mensagem: "Duvido que seja verdade sobre não conseguir um marido, ela fica ótima na tevê. Acho que foi um comentário malicioso e raivoso do apresentador".

UMA AMIGA NÃO MUITO PRÓXIMA

Uma amiga não muito próxima estava tentando engravidar via fertilização in vitro de forma independente. Ela tem questões de saúde que levaram os médicos a dizer que suas chances eram baixas. Eu não sabia se devia perguntar ou não como estava indo. Não perguntei. Daí ela compartilhou comigo e com outras pessoas, por e-mail, que estava grávida de seis meses, e feliz com isso. Não sou muito boa com o tempo, com perceber onde me encontro nele ou quanto tempo passou, mas o tempo avançou e comecei a ficar progressivamente ansiosa por ainda não ter ouvido falar de um nascimento. Acordei de um sonho uma noite, um sonho objetivo, no qual descobria que ela havia perdido o bebê. Tive certeza de que tivera uma visão. Mas na vida real ela não tinha perdido o bebê. Três dias depois, recebi um e-mail anunciando que o bebê havia nascido. O anúncio chegou no mesmo dia da aprovação de uma das leis mais importantes a favor do casamento gay.

Essa amiga não foi a única mulher que eu conhecia que decidiu ter um bebê sozinha. No espaço de um único ano, cinco mulheres que eu conheço tinham deliberadamente tido bebês sozinhas, sem um parceiro, ou num dos casos com um parceiro que era um amigo que queria estar envolvido, apesar de não haver nenhuma conexão romântica. Antes dessas mulheres, eu tinha conhecido apenas uma mulher que teve um bebê sozinha, deliberadamente. Era uma prima mais velha, e no caso dela a decisão havia sido tão extraordinária que ninguém achou apropriado comentar, e uma das únicas razões para o constrangimento em torno de ela ter ido embora foi que com quase oito meses o bebê havia morrido dentro do útero, e depois disso, embora tivesse mais de quarenta anos, ela engravidou de novo, e na segunda vez o bebê foi a termo, e então o radicalismo da sua decisão empalideceu diante da alegria e do alívio. Agora parece que há uma variedade muito maior de famílias "normais".

EU NUNCA

Eu nunca me importei especificamente com bebês. Quando ouvia algo sobre bebês morrendo, uma parte de mim pensava: Pelo menos não é uma criança! Uma criança é alguém que as pessoas conhecem e que conhece outras pessoas; a perda de um bebê é mesmo tão diferente assim da perda de um potencial bebê que ocorre todos os meses? Uma vez, num acampamento de verão dos tempos da escola fundamental, eles levaram a nós, jovens campistas, para fazer polimento em lápides. Minha amiga fez vários polimentos em lápides de bebês, com a data de nascimento e de morte às vezes no mesmo mês. Depois ela escreveu poemas tristes e curtos, ao estilo Blake, sobre os bebês. A partir dali, comecei a achar que ela era uma garota estranha e melodramática. Não sinto mais isso agora.

CASA DE BONECAS

Uma vez, assisti a uma produção de *Casa de bonecas*, do Ibsen, na qual todos os personagens, exceto Nora, foram interpretados por pessoas pequenas, por um pigmeu, um anão, uma pessoa com síndrome de Williams... Isso tornou gritante o poder que a infantil Nora, a esposa e mãe, realmente tinha. Ainda consigo escutar a enorme mulher pedindo chocolates ao marido pequeno e raivoso.

No entanto, só ouvi falar e assisti a uma única performance de *Casa de bonecas* na qual, em certo momento, a audiência literalmente se engasgou — e não foi nessa versão, e sim numa montagem mais convencional. O engasgo veio quando, no segundo ato, um bebê vivo real era trazido ao palco. Acho que nem mesmo um urso vivo teria provocado tanta reação; uma vez, assisti a um espetáculo de mágica num teatro e no final da apresentação um elefante vivo aparecia no palco, e posso afirmar que a reação ao elefante foi consideravelmente menor do que aquela ao bebê. Por que o bebê no palco foi tão forte? Por que poderia começar a chorar? Talvez fosse simplesmente a emoção de uma aparição: um bebê parece proceder inegavelmente da vida cotidiana, e a vida cotidiana, embora seja retratada no palco, também parece estar notavelmente ausente dele. Os outros atores além do bebê, isso se pudermos chamar o bebê de ator apenas pelo contexto, de repente pareceram néons na sua falsidade, o que por sua vez os fez parecerem reais, como se fossem vistos nos bastidores escovando os dentes ou assistindo *Mad Men* num laptop. Na peça original de Ibsen não há nenhum bebê, apenas crianças pequenas.

PESSOAS QUE SE DÃO BEM COM BEBÊS

Quatro mulheres estão jantando juntas. Uma começa a contar sobre como a mãe fica bem com seu bebê, o neto dela. A mãe da mãe, a avó, prepara comida húngara para o bebê, prepara frango com nozes e romã com arroz que depois serve para rechear um pimentão — ele ama. A mãe da mãe também tem coisas para dizer ao bebê o dia inteiro, está em constante conversa com ele, não fica sem ânimo para falar com ele, que adora isso, e como ela conversa muito com ele e se importa muito com ele, ela também é quem mais consegue fazê-lo rir; ele a ama; ela o ama. "Eu até acredito", diz a amiga, "que quando eu e minha irmã éramos bebês, ela também era boa assim." Outra mãe na mesa (que é, naturalmente, também uma filha) levou a mãe para morar com ela nesse período, por alguns meses, já que ela ajuda a cuidar da neta, que agora é uma garotinha, não mais um bebê. A avó é boa com a garotinha, muito boa, mas talvez ela fosse ainda melhor quando ela era bebê. Quando ela era bebê, a avó era incrível com ela, e ela era um bebê difícil, um bebê com cólicas. Essa avó é maravilhosa com bebês, e também com os muito idosos, ela é maravilhosa com os extremamente vulneráveis, faz-se questão de observar, ela antecipa de forma brilhante suas necessidades, mesmo que com os não muito vulneráveis ela possa ser, na verdade, bastante difícil. Depois é minha vez de compartilhar uma história sobre minha própria avó, uma mulher que não é notável por sua disposição ensolarada, não mesmo, mas que, assim como essas outras mulheres notáveis, também é realmente maravilhosa com bebês; ela criou seus netos e inclusive ajudou a criar os bisnetos, quando eram bem pequenos. E até agora que seu bisneto é um garotinho — a atividade favorita dele é levar a bengala para a bisavó. Minha mãe também leva bebês muito a sério, ela os ama, e quando volto para casa depois de ter deixado a bebê com ela, nunca as encontro separadas, ou a bebê está dormindo sobre o peito da minha mãe, ou está sentada ao lado dela no sofá, gesticulando. E assim por diante.

Então me dou conta de que, em certo sentido, falamos com desconfiança de pessoas que descrevemos como capazes de se dar muito bem com bebês. Como se elas não se dessem bem com adultos. E percebo que me tornei alguém que se dá muito bem com bebês. E que sinto falta da minha bebê, e estou desesperada para ir embora e estar de novo em casa com ela.

O INÍCIO DO MAL-ENTENDIDO

Às vezes sinto, como mãe, que não há criatura que eu entenda melhor do que minha filha. Isso acontece, provavelmente, porque ela não consegue dizer nada. Fico preocupada com a possibilidade, agora que ela está começando a falar, de que adentremos o terreno dos mal-entendidos. (Embora eu entenda que é provável que antes era só um mal-entendido que me levava a pensar que eu entendia.) As palavras dela são: bolha, dez, sapato, mama, papa, olhos, para cima e de novo. Certa vez, um escritor me disse sobre seus dois filhos: "Percebi que, desde que eles começaram a falar, meus amigos perderam totalmente o interesse por eles. Antes de falarem, era como se pudessem pensar em qualquer coisa. Então eles aprenderam a linguagem, e descobrimos que eles tinham apenas uma lista de desejos e insatisfações". É como se bebês não crescessem, mas ao invés disso ficassem menores, pelo menos na nossa percepção. Chama a atenção que nos evangelhos canônicos encontramos Jesus como bebê e adulto, mas como criança e adolescente, ele é inútil.

UMA NOVA CIDADÃ

Quando a puma tinha três semanas, levei-a até o correio para solicitar seu passaporte. Levei sua certidão de nascimento, seu cartão da previdência social, uma cópia do meu passaporte, uma cópia do passaporte do pai dela, um formulário autenticado e assinado pelo pai dela indicando que deu permissão para a filha solicitar um passaporte sem que ele estivesse presente — eu tinha pesquisado bem. Para garantir, havia levado não apenas um, mas dois conjuntos de fotos de passaporte que foram tiradas num local profissional para tirar fotos de passaportes. Tirar essas fotos demorou um pouco. A puma tinha que aparecer na foto sozinha, contra uma parede branca, o que parece um conjunto razoável de requisitos. Mas a puma ainda não conseguia levantar a cabeça, muito menos sentar, e ela também não se destacava por ficar acordada, e seus olhos precisavam estar abertos e olhando para a câmera — esses são os requisitos para qualquer foto de passaporte; portanto, demorou um pouco.

Além de tudo, a fila até o guichê onde se faz o passaporte no correio também estava bastante longa.

Na janela do guichê para fazer o passaporte, o homem à minha frente foi dispensado porque, embora tivesse a cópia da frente da sua carteira de motorista, ele não tinha a cópia do verso.

Eu me aproximei da janela e passei nossa papelada pela fresta abaixo do escudo à prova de balas. A puma e eu tínhamos esperado cerca de quarenta e cinco minutos para chegar lá. Eu me sentia muito bem por realizar esta tarefa importante. Nossa papelada foi devolvida imediatamente; o atendente declarou, impassível: "Não, a mão dela está obstruindo o queixo, não dá pra usar essa foto".

Ela de fato tinha a mão perto da boca. Triunfante, indiquei que havia dois conjuntos de fotos, que a mão dela não estava no queixo no outro conjunto.

"Não, dá para ver a mão da mãe nessas fotos."

"Mas é claro que minha mão aparece, eu tive que segurá-la contra o fundo."

Fomos dispensadas.

Na semana seguinte, houve uma paralisação do governo.

Eu estava tentando fazer o passaporte a tempo de uma viagem a trabalho.

Então tirei muitas fotos da puma com meu iPhone, tendo lido na internet que isso poderia ser feito: tudo que precisávamos era encontrar um lugar que pudesse imprimir as fotos em tamanho passaporte. Assim, levei meu objeto de tecnologia moderna a uma Staples, mas eles não tinham como ajudar; depois fui a uma Kinko's, mas eles não tinham como ajudar, e assim voltei ao posto do FedEx original onde as inaceitáveis fotos de passaporte haviam sido tiradas; o equipamento de fotos de passaporte deles estava quebrado. Então fomos a uma loja que na vitrine ostentava souvenirs, eletrônicos e um cartaz de tire aqui fotos para passaporte. Lá trabalhava um imigrante de Bangladesh, outro do México e outro do Paquistão. Eles sabiam tudo sobre a questão de não ter a mão ou o braço de um parente visível na foto do passaporte. Esconderam minha mão atrás de um lenço e me ajoelharam no chão, depois seguraram a bebê como uma marionete em frente ao fundo branco. Eu e a puma estávamos ambas com muita fome a essa altura. Mas o guichê do passaporte só ficava aberto até as 14h30, então fomos direto para a fila.

A mulher atrás do vidro à prova de balas disse que ia almoçar.

"Mas o aviso diz que essa janela fica aberta das nove às quatro."

A mulher disse que já tinha esperado uma hora a mais do que pretendia para almoçar e que agora ela iria almoçar.

Prosseguimos até uma segunda agência dos correios. Não havia ninguém com treinamento para lidar com passaportes.

Numa terceira agência, fomos informadas outra vez de que ninguém estava disponível. Então uma mulher saiu de uma sala dos fundos com um sanduíche na mão; ela disse que estava disponível até as três; eram dez para as três. Ela deixou o sanduíche de lado para nos ajudar. Examinou nossa papelada item por item. Pegou as fotos. Pegou uma régua e começou a medir o retrato do rosto da puma. "A cabeça dela está muito pequena", disse. "Muito pequena." Tinha, ela especificou, dois milímetros a menos que o necessário. "Escuta, desde o Onze de Setembro eles estão sendo muito cuidadosos com esses pedidos de passaporte, isso nunca vai passar."

Fomos, com muita fome, a um CVS na rua 42 com a Décima Avenida. Na fila à nossa frente, uma mulher discutia com o atendente sobre como ela tirou cinco conjuntos de fotos para vistos, ela estava tentando conseguir vistos para a China, mas também tinha dúvidas sobre esse novo conjunto de fotos. Senti que estava prestes a perder o controle ali naquela fila, ouvindo uma conversa para a qual eu ainda não vislumbrava um fim, e provavelmente teria ficado com raiva, ou chorado, se a raiva e o choro da puma não tivessem se antecipado aos meus. Por fim, uma tela foi puxada para baixo. A foto da puma foi tirada. Uma cara de desespero resignado. Pagamos o dobro para termos dois conjuntos de fotos, um com a cabeça maior, outro com a cabeça menor. Voltamos ao correio original. A luz fluorescente parecia ter se transformado em som. Entregamos a papelada. A foto estava boa! O xerox do passaporte da minha mãe estava bom. O xerox do passaporte do pai estava bom. O cartão da previdência social era desnecessário. O formulário autenticado pelo pai estava bom. O formulário foi autenticado com a carteira de motorista, não com o passaporte. Tínhamos aquela carteira de motorista conosco? Fomos mandadas embora.

    O passaporte dela não saiu a tempo de sua primeira modesta viagem, com oito semanas de idade, através da fronteira com o Canadá. Tivemos que argumentar para ela passar pela fronteira. Voltar foi mais complicado. A polícia da fronteira não ficou satisfeita com nossa certidão de nascimento e o cartão de previdência social. "Não tem fotos aqui", disse a mulher no guichê. "Como posso saber se essa bebê é a bebê que você diz que é, se não há uma foto dela para confirmar sua identidade?" Ficamos só olhando para ela. Por fim, seu supervisor nos deixou passar. Era preciso reconhecer que, com foto ou sem foto, ninguém podia identificar a bebê, exceto nós.

DINHEIRO E BEBÊS

Minha mãe leva a franguinha — quando ela começou a se locomover, deixou de ser uma puma e tornou-se uma franguinha — para passar uma noite com ela. As duas participam de um jantar que acontece na sinagoga da minha mãe, no porão, um desses jantares organizados por faixa etária. Esse é o grupo social com mais de quarenta anos, o que significa que a maioria das pessoas que o frequentam tem mais de sessenta. A franguinha caminha em volta da mesa, carregando suas calças de inverno para lá e para cá, oferecendo-as aos comensais, rescindindo a oferta, e muito mais. Depois do jantar, minha mãe me diz que deveria cobrar mil dólares por dia para levar a franguinha com ela a uma casa de repouso, porque um bebê oferece tanta felicidade e cura, estar perto de um bebê é bom para a saúde, é muito melhor do que Spirulina ou Prozac — é maravilhoso.

O pai da franguinha então responde à minha mãe que Sim, ele concorda. Na verdade, essa é a opinião dele sobre babás. Que você cobra das pessoas vinte dólares por hora pelo privilégio de estar com a bebê. Um bebê é uma mina de ouro.

Tudo que eles disseram era verdade, mas também sabemos que não é bem assim.

FONTES
Fakt e Heldane Text

PAPEL
Pólen Bold

IMPRESSÃO
Santa Marta